Phil Marvin

Weltreise Planung

Der Ratgeber für dein Backpacker Abenteuer…

Inhaltsverzeichnis

Bedenken:

Planung

Vorbereitung

Praktische Reisetipps

Schlusswort

Abenteuer Weltreise

Vorwort

Eine Weltreise ist ein großes Wort, kein Wunder, denn es ist auch eine verdammt große Sache. Ein riesen Schritt raus aus seiner sicheren Komfortzone in ein ungewisses Abenteuer. Womöglich das größte Abenteuer seines Lebens. Wie man es schafft sich endlich zu trauen seinen Traum zu leben und jegliche Angst und Zweifel im Vorfeld zu besiegen, erfährst du in diesem Buch.

Im Laufe des Buches werde ich dir aus meinen eigenen Erfahrungen erzählen, die ich in über 1,5 Jahren alleine auf Reisen, in über 15 Ländern gesammelt habe. Warum ich der festen Überzeugung bin, dass jeder Mensch unbedingt diese Erfahrung in seinem Leben einmal machen sollte, wie es sich anfühlt frei zu sein auf der Suche nach den Sinn im Leben und welche Vorbereitung du dafür treffen musst. Dieses Buch wird dir viel Zeit, Nerven und vor allem auch Geld sparen und dich Schritt für Schritt von der Entscheidung, den geistigen Hürden bis hin zur Packliste für deinen Rucksack führen. Das und noch vieles mehr berichte ich dir ausführlich aus meinen Erfahrungen und dem Austausch mit anderen Reisenden, welche ich rund um die Welt sammeln konnte.

8. August 2018 Guatemala, Acatenango nahe der kolonialstadt Antigua.

Dichte Nebelschwaden ziehen durch die Landschaft und erschweren die Sicht. Die bereits stark fallenden Temperaturen machen sich bemerkbar, sodass ich meine Atemluft bereits sehen kann. Tosendes Donner grollen tönt aus der weiten Ferne. Der Anstieg wird immer steiler und meine Wadenmuskeln erhärten sich mit jedem dazugewonnen Höhenmeter. Meine Ausdauer ist verbraucht. Ich kann nicht mehr. Bereits seit 3 Stunden wandern wir diesen steilen Vulkan hinauf. Angst und Zweifel machen sich breit. Was ist, wenn ich es nicht bis ganz nach oben schaffe? Habe ich mir vielleicht zu viel zugetraut? Vielleicht lohnt es sich auch gar nicht diesen ganzen Marsch auf mich zu nehmen?

Andererseits, wenn ich jetzt nicht weiter marschiere, werde ich es nie erfahren und mich ewig fragen müssen, wie es gewesen wäre WENN. Trotz allen Unsicherheiten geht es weiter Höhenmeter für Höhenmeter bis auf die Spitze des Vulkans zu unserem Zeltplatz. Oben angekommen überkommt mich eine völlige Erleichterung.

Die Wärme der Körpertemperatur bildet Rauchschwaden die emporsteigen. Mein Atem beginnt sich nur langsam abzuflachen. Schweiß läuft mir von der Stirn, während die immer stärker scheinende Sonne sich ihren Weg durch die Nebelbank bahnt und sie schließlich auseinander reißt. Die Sonnenstrahlen treffen mitten auf mein Gesicht. Gänsehaut durchzieht meinen ganzen Körper. Ein unbeschreibliches Gefühl von Freiheit macht sich in mir breit. Auf rund 3500 Metern Höhe könnte dieser Moment nicht vollkommener sein. Bei Einbruch der Dunkelheit zünden uns die Tour Guides ein Lagerfeuer an, um das sich unsere Gruppe versammelt. Gefühlt in greifbarer Nähe, katapultiert der gegenüberliegende, nicht weit von uns entfernte Vulkan Fuego hunderte Meter glühendes Gestein in die Atmosphäre. Die Lava spritzt in einer riesigen

Fontäne aus dem Mund des Vulkans und hinterlässt eine pilzförmige Rauchschwade. Gelb - orange glühende Magma und Feuersteine rollen den Abhang herunter, ehe der unfassbar laute Knall einen zeitversetzt in Angst und Ehrfurcht versetzt. Die Sterne am Himmel leuchten intensiv, Blitze schlagen in der Ferne ein und werden nur vom Knall der Vulkanexplosionen übertönt. Gleich mehrfach erodiert der Fuego in dieser Nacht mit einem enormen Druck aus dem Erdkern. Ein Naturschauspiel welches mich noch Stunden an sich fesselt.

Es ist sehr spät geworden und es bleibt nicht mehr viel Schlaf bis zum morgendlichen Aufbruch. Samt allen Klamotten krieche ich in mein Schlafsack, horche aufmerksam den Frequenzen zwischen dem nieder prasselnden Regen auf dem Zelt und dem Fauchen des Vulkans, während ich mit einem breiten Grinsen in den Schlaf falle. Das ist ohne Zweifel einer der besten Tage meines Lebens und ich hätte ihn nicht erlebt, wenn ich umgedreht wäre.

Dieses Erlebnis ist für mich die treffendste Metapher, um es mit der Entscheidung zu vergleichen, eine Weltreise zu starten. Irgendwo in einem drin, hat man dieses Verlangen es heraus zu finden. Doch diese starken Gefühle wie Angst und Zweifel halten einen zurück. Womöglich sind sie so stark, dass man sich dazu entscheidet, niemals diesen Schritt zu wagen. Das hat zur Folge, dass man eine der wichtigsten Entscheidungen für sein Leben nie treffen wird. Man wird sich ewig fragen, was gewesen wäre WENN. Ich bin der persönlichen Auffassung, dass jeder Mensch in seinem Leben einmal diese Erfahrung machen sollte.

Warum jeder eine Weltreise machen sollte

Viele Menschen träumen davon. Viele möchten eines Tages auf Weltreise gehen aber... Ja das ABER kann hier schon so manch einmal ermüdend lang werden. Genau deswegen habe ich dieses Buch geschrieben, damit das aber immer kleiner wird. Es ist schlicht wie mit allen Sachen im Leben, alles nur eine Frage der Priorität. Die perfekte Zeit für eine Weltreise kommt nie, denn sie ist genau jetzt. Es ist eher unwahrscheinlich, dass der Chef oder die Eltern morgen zu einen kommen und sagen, mensch, nun starte doch mal endlich die Reise deines Lebens.

Ohne Frage, rückblickend war die Entscheidung eine Weltreise zu machen, die prägendste Entscheidung meines Lebens. Es ist für mich daher umso erstaunlicher, dass es Menschen gibt, die überlegen, ob sie dadurch ein Jahr ihres Lebens oder besser formuliert, ein Jahr in ihrem Lebenslauf oder beruflichen Laufbahn verlieren. Wer eine Reise so betrachtet, hat schlichtweg einfach die falsche Brille aufgesetzt. Denn eine Reise, ein Jahr mehr oder weniger außerhalb der gewohnten Umgebung in fremde Kulturen mit dutzenden

Herausforderungen ist viel mehr, als man es sich nur vorstellen kann.

Wir sind nicht nur geboren worden um Rechnungen bezahlen zu können und dann zu sterben. Vielleicht ist dieses Zitat etwas hart ausgedrückt aber machen wir uns nichts vor. Wer weiß schon warum er geboren wurde. Wichtiger als die Antwort selbst, ist jedoch erstmal, sich überhaupt auf die Suche zu begeben.

Auf Reisen befindet man sich in einer völlig neuen Welt, womöglich mit komplett unterschiedlichen Kulturen, Denkweisen, Verhaltensweisen, Blickwinkeln auf das Leben, lernt hunderte neue Bekanntschaften, interessante Persönlichkeiten und Freunde kennen. Man besitzt zu jeder Zeit die völlige Eigenverantwortung für jede Entscheidung, erlebt täglich unvergessliche Abenteuer und Momente voller Fülle. Womöglich findet man auch Antworten. Antworten auf die wichtigsten Fragen in seinem Leben. Das ist das wahre Gesicht einer Weltreise. Eine Weltreise ist in erster Linie eine Reise zu sich selbst. Ein Entwicklungsboost für seine eigene Persönlichkeit, seinen Selbstwert, seine Ansichten und den Blickwinkel auf das

Leben. Das man nebenbei eine unvergessliche Zeit durchlebt, die coolsten und verrücktesten, nie vorhersehbaren Dinge sich ergeben, ist schon fast als eine Art Bonus anzusehen. Es ist die Belohnung dafür, dass man sich getraut hat, es zu machen und seinen Traum nachzugehen! Wie in der Vulkan Wanderungs Metapher. Es ist eine Reise in eine nie gekannte Freiheit. Wer vielleicht mal zehn Tage lang im Urlaub gewesen ist und sich an dieses befreiende Gefühl erinnern kann den Alltag einmal hinter sich zu lassen, kann vielleicht schon erahnen, wie sich so etwas nach Monaten anfühlt auf einem Backpacker Trip in fremde Kulturen und was das mit einem macht...

Für wen ist eine Weltreise geeignet

Die ersten Probleme fangen bereits bei dem Alter an. Aber kann man überhaupt irgendwann zu alt sein, um JA zum Leben zu sagen? Im Idealfall reist es sich natürlich einfacher und freier, je jünger man ist. Auch ist es besonders hilfreich früh zu sich selber zu finden und Dinge über sich zu erfahren, die man sonst womöglich sein Leben lang sucht. Genauso wenig gibt es aber auch ein falsches Alter. Denn der beste Tag eine Weltreise zu starten, ist morgen. (:

Was kann man aber nun von einer Weltreise erwarten? Ist immer alles super entspannt im Schatten unter einer Palme oder sieht die Realität eines Reisenden in Wahrheit ganz anders aus? Und welche Art von Mensch muss man sein, um für so eine Reise geeignet zu sein?

Natürlich würde einem erstmal der typische Draufgänger in dem Sinn kommen. Ein cooler Surfer Typ, mit einer lockeren Art, der weltoffen ist und die Herausforderung liebt. Jemand der es gewohnt ist, schnell neue Kontakte zu knüpfen und vor Selbstbewusstsein nur so strotzt. Eine unscheinbare Persönlichkeit kommt einen jedenfalls nicht sofort in dem Sinn, denn sie ist so ziemlich genau das Gegenteil davon.

Klar, die Herausforderung und die Überwindung ist hier um ein vielfaches höher aber letztendlich wird es dadurch die Erfahrung und die persönliche Entwicklung auch sein. Eine Weltreise lässt einen sich selber finden und sich selbst neu entdecken. Man muss sich seinen Ängsten stellen, wird öfter mal gestresst und landet in unbequemen Situationen. Man wird weit außerhalb seiner Komfortzone getrieben und es wird auch immer mal ein paar Rückschläge geben. Diese Momente sind es aber, die von größter Bedeutung sind und den eigenen Selbstwert letztendlich zu einem Diamanten formen.

Es gibt daher keine Persönlichkeit, für die so eine Reise zu groß gedacht ist. Absolut jeder sollte und kann so eine Reise starten. Ob alleine oder mit Anderen spielt dabei auch keine Rolle. Denn es ist nur der erste Schritt, der so riesengroß erscheint. Bildlich gesprochen musst du direkt am Anfang über eine hohe Mauer klettern, sobald du es aber erst einmal geschafft hast, wartet eine völlig neue Welt auf dich! Das trifft insbesondere auf alle zu, die Bedenken haben, eine Reise alleine zu starten. Dazu aber später mehr.

Es gibt zwar das perfekte Alter und das wie schon erwähnt in meinen Augen so früh in seinem Leben wie nur möglich. Letztendlich gibt es aber keinen Grund, der diese Entscheidung behindert sollte. Es ist eine Entscheidung aus dem Inneren. Eine Entscheidung, Ja zu sich, seinen Träumen und dem Leben zu sagen und dafür ist es nie zu spät oder zu früh.

Passend dazu fällt mir eine kleine Geschichte ein. Ein paar Tage nach meiner Vulkan Wanderung traf ich in der malerischen spanischen Kolonialstadt Antigua auf dem Weg zu meinem Hostel eine alte Dame. Die Dame sprach mich freundlich mit großer Neugierde direkt an und wollte sich nach ein paar Tipps für ein leckeres Abendessen erkundigen. Wir kamen ins Gespräch. Sie war Amerikanerin, 72 Jahre alt und ganz alleine unterwegs. Sie war dabei sich ihren Traum einer Weltreise zu erfüllen. Auch wenn sie offensichtlich ihren Gang nach zu urteilen bereits mit körperlichen Beschwerden zu kämpfen hatte, spürte ich förmlich ihre Energie für das Leben. Sie war außerordentlich bemerkenswert, offen und besaß eine sehr tiefe und angenehme Ausstrahlung. Ihr Plan war es den Gringo Trail entlang zu reisen. Das war die Route die gewöhnlich die meisten Backpacker einschlagen in Mittelamerika. Angefangen von Mexiko - Belize - Guatemala - El Salvador - Honduras - Nicaragua - Costa Rica bis nach Panama.

Wahrlich keine ungefährlichen Länder, in denen man bequem reisen kann und doch schien es so, als könne nichts diese Frau von dieser Reise abhalten. Sie hatte JA zum Leben gesagt und ist für mich bis heute eine große Inspiration geblieben, ohne das sie es je wissen wird. Dankeschön alte Dame in Antigua.

Im Regelfall gilt aber, dass eine Weltreise besonders viel Sinn im jungen Alter macht. Denn Reisen fördert die eigene Unabhängigkeit und macht selbstständig. Es ist wie ein kleiner Crashkurs für das Leben.

Reisen macht dich zu einer interessanten und toleranten Persönlichkeit. Du wirst deinen Charakter durch all diese Eindrücke erst so richtig schleifen und verfestigen.

Wer jung ist hat in der Regel weniger Bindung und somit mehr Freiheit. Der Punkt „ach, ich kann doch nicht einfach alles aufgeben und zurück lassen, ist wesentlich kleiner!“ Aber hey, im Endeffekt wissen wir alle, dass es nur eine Frage des Wollens ist. Niemand hat jemals eine Reise bereut. Ich jedenfalls habe noch nie gehört, dass jemand gesagt hat, mist wieso war ich bloß sechs Monate in Südostasien auf Reisen. Du etwa?

Im Endeffekt gibt es keine Ausreden. Ach das kann ich auch nächstes Jahr noch machen... Vergiss es, das wird nie etwas! Der beste Zeitpunkt die Sache anzugehen, ist genau jetzt oder zumindest mit einer in Stein gemeißelten Deadline! Packe ein paar Sachen in den Rucksack und entdecke die Welt wie anders sie und das Leben sich anfühlen kann. Schmecke, rieche und fühle die Fülle dieses Geschenkes, das sich Leben nennt.

Wichtig ist aber auch. Eine Weltreise ist vielleicht nicht für jeden etwas. Manchmal wollen wir Dinge und realisieren erst gar nicht, dass wenn wir sie hätten, gar nicht mit ihnen umgehen könnten.

Eine Weltreise ist für dich etwas, wenn du:

- Die geilste Zeit deines Lebens haben möchtest
- Bereit bist an Herausforderungen zu wachsen
- Dich das Leben neugierig macht
- Mehr über dich selber herausfinden möchtest
- Herausfinden möchtest wo der Sinn in deinem Leben steckt
- Herausfinden möchtest was du mit deinem Leben anstellen sollst
- Sagen möchtest, dass du deinen Traum gelebt hast
- Neue Kulturen kennenlernen willst
- Interessante Menschen kennenlernen möchtest
- Sprachkenntnisse verbessern willst
- Du es schaffst ein Budget zu halten und Money Management beherrscht
- Du auf Annehmlichkeiten verzichten kannst (Fön, Gemeinschaftsbad, überfüllte Busse, schwaches Duschwasser, Mehrbettzimmer, keine Couch, teilweise schlechte Matratzen)
- Du auch mal für einen Abend oder ein paar Tagen mit dir alleine auskommen kannst.

- Du auch alleine mit schlechten Tagen umgehen kannst
- Du mit Herausforderungen umgehen kannst ohne einen Infarkt zu kriegen.
- Du kein Lust mehr hast die Welt im Fernseher anzugucken oder jeden Abend auf der Couch zu hocken.
- Du später in deinem Leben auf ein Abenteuer zurückblicken willst
- Du Sehnsucht hast nach mehr
- Dir ein paar Wochen Urlaub im Jahr nicht ausreichen
- Du unzufrieden bist mit deinem Job oder Studiengang
- Du bereit bist deine Sicherheit für Freiheit über Bord zu werfen
- Du ein besserer Mensch werden willst
- Du Selbstbewusster werden willst
- Du deine Vorurteile ablegen willst
- Du endlich bereit bist Verantwortung für dein Leben zu übernehmen

Schlüssel für ein erfülltes Leben

Bevor wir anfangen mit der Vorbereitung auf einer Weltreise, der Planung und all den Tipps, die du für deine Reise gebrauchen kannst. Lass uns erstmal an dem Fundament arbeiten, diese Entscheidung bewusst zu treffen. Mir ist es besonders wichtig, auf alle möglichen Faktoren einzugehen, die rund um das Thema einer Weltreise und den eigentlichen Mindset dahinter liegen und diese Dinge genauer zu hinterleuchten.

Träume

Der Alltag ist trist und grau, manchmal aber auch einfach nur langweilig. Es fehlt die Abwechslung, die Spannung, schlicht etwas neues. Also schweifen wir manchmal ab und träumen vor uns hin. Wir träumen uns in eine andere Welt mit allen Illusionen und wünschen, die wir uns in diesem Moment nur vorstellen können. Eine Welt, in der wir unseren Traum bereits leben. In der wir uns bereits gefunden haben. Wir haben es geschafft uns selbst zu verwirklichen, glücklich und erfüllt zu sein. Es scheint so perfekt, so wundervoll und machbar, zumindest solange, bis uns etwas wieder aus dem Tagtraum holt und uns zurück in die Realität wirft. Wir akzeptieren den Traum jetzt wieder nur als eine Illusion, einen kurzen Moment in dem alles möglich scheint.

Zurück in der realen Welt, in unserem Alltag, glauben wir auf einmal wieder daran, dass unserem Leben engere Grenzen gesetzt sind. Es kommt sogar mal vor, dass ein flüchtiger Gedanke, ein Traum, sich festsetzt und irgendein Teil tief in uns sich davon regelrecht belebt fühlt. Der Traum kann Tage, Wochen, Monate oder sogar Jahre in unserem Inneren verweilen, doch irgendwann kommt der Moment, an dem wir uns entscheiden müssen. Es kommt der Tag der Entscheidung, der Tag an dem man beschließen muss, seinem Traum zu helfen den Übergang in die Wirklichkeit zu schaffen, bevor er früher oder später verblasst.

Denn ein Traum ist nichts anderes, als eine mögliche Wirklichkeit, die nur darauf wartet stattzufinden. Wenn wir ihm nicht folgen, werden wir nie erfahren, was gewesen wäre, WENN.

Viele Menschen allerdings verlernen irgendwann zu träumen. Sie sind ihren Illusionen nie wirklich nachgegangen und haben sie dadurch verblassen lassen. Die Angst zu scheitern war zu groß. Nach einiger Zeit wird man sogar richtig gut darin seine Träume zu unterdrücken, indem man sich einfach einredet, dass sie einfach nicht für einen greifbar sind. Man weiß ganz einfach auch nicht, wie sich der Traum und die nötigen Schritte dafür verwirklichen lassen. Manchmal ist es einfach leichter die Verantwortung für sein Leben und seine Zukunft abzulegen. Die meisten Menschen die ihre eigenen Träume bereits aufgegeben haben, werden dir nun sagen: „So spielt das Leben nun mal - Das ist der Lauf der Dinge. Nicht jeder auf dieser Welt hat das "Glück" seinen Träumen nachgehen zu können und das Leben zu leben, welches man sich wünscht."

Diese Menschen haben sich daran gewöhnt, nicht die 100% zu leben und geben sich schlicht mit einem Leben im Mittelmaß oder schlimmer, im Unglück zufrieden. Ein Leben das ok ist, ist zwar nicht schlecht, aber eben auch nicht geil. Und aus welchen Grund sollte man nicht einmal versuchen, aus einem Ok ein

Leben zu machen, an dass man sich später nur zu gerne erinnert.

Ich bin fest davon überzeugt, dass jeder einzelne die Möglichkeit hat, sich das Leben zu holen, von dem er träumt. Jeder sollte seinen Traum wenigstens versuchen zu leben, um zu wissen, wie es sich anfühlt auf der Spur seiner Träume zu sein. Alles fängt jedoch damit an, eine Entscheidung für sein Leben zu treffen, Verantwortung zu übernehmen und sich zu erlauben zu träumen und JA! zur Veränderung zu sagen!

Natürlich ist noch etwas mehr dazu nötig und dabei möchte ich dir mit meinen Erfahrungen helfen, sowie eine genaue Anleitung geben, damit du bestens für eine Weltreise gerüstet bist. Mit Tipps und Tricks mit denen du viel Zeit, Nerven und Geld sparen wirst und nicht zu vergessen, damit auch du eines Tages mit einem breiten Grinsen auf dein Leben zurückblicken kannst und dir sagst, scheiße, das war eine der besten Entscheidungen meines Lebens! Ich habe hunderte Leute unterwegs getroffen und von keinen einzigen jemals gehört, dass sie das Gefühl hatten, ihre Zeit auf Reisen zu verschwenden oder es gar bereuen, es gewagt zu haben.

Entscheidung

Du kannst dein ganzes Leben lang "beschäftigt" sein , ohne jemals etwas Sinnvolles zu tun. Es gibt Menschen die Überleben nur bis sie eines Tages von dieser Welt gehen. Gelebt haben sie nur an wenigen Tagen. Es ist also wahnsinnig wichtig, dass der Kompass und somit die Richtung in die wir unser Leben lenken in die richtige Richtung zeigt.

Menschen sind verschieden. So simpel und doch so aussagekräftig. Besonders in Deutschland scheint das Leben bereits in Zeitabschnitten in Stein gemeißelt zu sein. Schule - Ausbildung/ Uni - Job - Haus mit Kind - zwischendurch mal verreisen - Rente und sterben. Das bedeutet nicht, dass dieses Leben nicht der Traum vieler Menschen ist, es bedeutet vielmehr, dass es keine Einbahnstraße gibt, wie man sein Leben gestalten muss oder sollte. Gibt es wirklich ein Alter um zu heiraten, ein Haus zu bauen oder für eine lange Reise um die Welt? Es gibt ganz einfach keinen Schlüssel, der in jede Tür passt.

Schaue dich einmal um auf der Arbeit oder in deinem Umfeld. Leben diese Menschen das Leben was sie möchten oder was du dir in Zukunft vorstellst für dich? Sind sie ihren Träumen nachgegangen, sind sie positiv eingestellt, innerlich zufrieden und erfüllt? Du solltest dich nie von anderen Meinungen beeinflussen lassen und lernen deinen eigenen Weg zu gehen oder besser, gehen zu müssen!

Wer ist also für die Qualität deines Lebens verantwortlich? Chef, Partner, Eltern, die Wirtschaft oder Politik? Wenn wir erst einmal verstanden haben, dass wir selber zu jederzeit für alles in unserem Leben die Verantwortung übernehmen müssen, verstehen wir, dass wir in jedem Moment die Gelegenheit haben, etwas an unserem Leben zu ändern. Solange wir die Verantwortung abgeben, können wir nichts daran ändern. Wir sind machtlos. Spätestens, wenn man das Gefühl hat, dass sein Leben auf Autopilot läuft und an einem vorbei zieht, hat man seine Verantwortung bereits abgegeben und sollte dies am besten ändern, bevor es zu spät ist.

Veränderung

Wer sich nicht verändert, wird verändert. Die meisten Menschen haben Angst vor Veränderung, Angst vor eine ungewisse Zukunft. Das ist normal, denn nüchtern betrachtet ist diese Angst ein tiefgreifender Urinstinkt. Früher im Neandertaler Zeitalter konnte eine Veränderung der Situation Lebensgefahr bedeuten. Seitdem möchte unser Gehirn die Zukunft vorherbestimmen, um sich in Sicherheit zu wiegen. Alle Probleme entstehen zuerst in unserem Kopf. Das bedeutet, das Gehirn wird sich allerlei Dramen und Hürden ausdenken, nur um dich davon abzuhalten, etwas an der jetzigen Situation zu ändern. Völlig egal, ob du im Moment glücklich oder unglücklich bist. Unser Gehirn möchte einfach nicht vor neuen Herausforderungen stehen. Es liegt also nur in unserer Hand, es trotzdem zu tun. Je größer die Veränderung auf dein Leben, je unbequemer wird es auch für unser Gehirn sich damit anzufreunden.

Wenn du ein freieres und glücklicheres Leben führen möchtest, musst du bereit sein, deine Art zu denken und die Art wie du die Welt betrachtest, zu ändern.

Vision

Wenn du alles werden kannst was du möchtest. Wer möchtest du sein? Wenn unser Leben ein Traum wäre, wie würdest du leben wollen? Eine Version von unserem Leben ist letztendlich der Sprit für unseren Motor. Eine Vision oder besser auch, das **Warum** ist entscheidend dafür, dass uns der Sprit (Lebensenergie) nicht ausgeht. Wenn wir unser großes Warum gefunden haben und unser Kompass in die Richtung ausrichten, beginnen wir mit jedem Tag uns in die richtige Richtung zu bewegen. Wir sollten uns dafür erlauben zu träumen und in uns hinein gehen, was unsere ganz eigene Vision von unserem Leben ist. Wenn du deine noch nicht kennst, ist das nicht schlimm, denn du begibst dich ja bereits auf der Suche. Frage dich mal, wenn du alles Geld der Welt hättest und bis zu deinem Lebensende tun könntest was du willst, was wäre es?

(W) Wichtige Fragen

Im Alltag haben wir meist zu wenig Ruhe um in uns zu gehen. Das Leben läuft weiter und es gibt immer neue Dinge zu erledigen, erreichen oder Möglichkeiten sich kurzfristig abzulenken. Was somit für eine kurzfristige Befriedigung in uns sorgt wie beispielsweise der Fernseher oder eine Folge Netflix nach der Arbeit. Langfristig macht uns diese Art zu leben jedoch nicht glücklich und irgendwann kommt der Punkt, an man merkt, dass etwas fehlt. Auch das stumpfe erreichen von irgendwelchen Zielen selbst macht uns nicht glücklich.

Ich kann mich noch gut daran erinnern, wie ich es im Kindergarten nicht abwarten konnte eingeschult zu werden. In der Grundschule wollte ich unbedingt zu den Großen gehören. Dann war ich heilfroh eine Ausbildung anfangen zu können. Während der Ausbildung war ich ganz heiß darauf, endlich mehr Geld zu verdienen. Anschließend als Arbeiter auf Schicht merkte ich dann, wie schön die Ausbildung gewesen war und wollte so schnell es ging eine Weiterbildung machen, um vom Schichtsystem herunter zu kommen.

Ich war also die ganze Zeit in meinen eigenen kleinen Horizont gefangen und hangelte mich von einem Ende zum Nächsten, ohne wirklich das große Ganze im Blick zu haben. Mit dem Geld was ich dann verdiente kaufte ich mir Sachen, die ich vorher auch nicht unbedingt gebraucht hatte. An diesem Punkt also realisierte ich , das es nicht alles gewesen sein konnte und bemerkte, dass ich immer unglücklicher wurde.

Ich fing also an privat für mich vorzusorgen. Ich wollte einen bestimmten Betrag in Aktien investiert haben und sparen, um meinen Job zu kündigen und endlich das Leben zu leben, was ich mir vorgestellt hatte. Nach jedem Ziel hatte ich mir ein weiteres gesteckt, aber letztendlich hat sich an meiner Gefühlslage nicht viel geändert, nachdem ich es erreicht hatte. Ja zumindest so lange, bis ich mich dazu entschied, eine Weltreise zu machen. Ab diesen Tag arbeite es sich leichter. Was ich daraus also mittlerweile gelernt habe. Der Weg ist das Ziel und wer den Weg nicht genießt, wird mit dem Ziel auch nicht zufrieden sein! Wenn der Kompass in die richtige Richtung zeigt und somit jeder Schritt auf dem Weg sich einen persönlichen übergeordneten Ziel annähert, welches mit seinen Werten, Vorstellungen und Wünschen übereinstimmt, erst dann bleibt man nachhaltig glücklich.

Unsere Gedanken stehen nicht still. Wir eifern einen Ziel den nächsten hinterher. Ausbildung/ Schule abschließen, im Job einarbeiten, Karriereleiter hochklettern, 5 kg abnehmen für den Sommer, Geld sparen für eine Anschaffung die wir unbedingt haben wollen oder eine neue Netflix Serie schauen. Wir haben schlicht verlernt uns den simplen aber umso wichtigeren Sachen zu widmen. Wir gehen, laufen und rennen einfach drauf los aber bringt uns das Ganze eigentlich dahin, wo wir eigentlich hin wollen? Dazu solltest du dir einmal ausführlich Gedanken machen und nichts weiter machen, ehe du für dich auf jede Frage eine grobe Antwort aufgeschrieben hast.

Was für ein Mensch möchte ich sein?
Wo will ich hin?
Wer bin ich?
Warum bin ich auf dieser Welt?
Wie sollte ich im Sterbebett über mein Leben nachdenken?
Hilft mein Umfeld mir dabei näher an meine Träume/ Ziele zu kommen?

Komfortzone

Sie ist unser Endgegner. Sogesehen der Teufel auf der linken Schulter, der uns dreist ins Gesicht lügt. Die Komfortzone sorgt dafür, dass wir da bleiben wo wir sind und nicht da landen, wo wir hin wollen. Das Problem daran, es fühlt sich erstmal gut an. Wir Menschen sind in der heutigen Zeit auf kurzfristige Befriedigung getrimmt. Wir wollen nicht nur alles sofort, wie bekommen es auch. Für jede Lebenslage gibt es eine App. Dating - Tinder, Entspannen - Spotify, Netflix, Twitch, Essen - Lieferdienst, Befriedigung - Pornoseiten, Aufmerksamkeit und Selbstwert - Social Media. Zudem versprechen einen dutzende im Internet ohne viel Arbeit in Windeseile zum Millionär zu werden.

Wir sind gefangen in dem Verlangen, alles sofort zu bekommen. Um der Mensch zu werden, der du sein willst, musst du aber die Dinge tun, die sich nicht gut anfühlen, um erst viel später dafür belohnt zu werden. Wir müssen jeden Tag wählen, zwischen dem was bequem ist und dem, was wichtig für unseren Weg ist. Das schlimme an der Komfortzone, sie tut nicht weh und sorgt sogar für kurzzeitige Befriedigung. Nur werden wir uns früher oder später fragen, was wir alles erlebt hätten und wo wir hätten sein können.

Reality Check: Glaubst du am Sterbebett erinnerst du dich an deine Lieblingsserien oder den unzähligen TV Shows die du in deinem Leben gesehen hast? Ich verrate dir etwas, sie werden dir völlig egal sein! Wie wir diese Zone verlassen ist egal, wichtig ist, dass wir sie verlassen und uns nicht mit der Bequemlichkeit zufrieden geben.

Selbstfindung

Ich denke für die Meisten, inklusive mir, ist eine Weltreise neben all den coolen Abenteuern auch vor allem eine Reise zu sich selbst. Selbstbestimmung und ein Gefühl davon zu haben, was man wirklich tief im Inneren vom Leben möchte ist etwas, das wohl die wenigsten bereits gefunden haben und das ist auch ok so. Leben heißt auch ausprobieren, riskieren, scheitern und daran wachsen.

Um zu wissen was man will, muss man es erst einmal probiert haben. Jedoch ist es schwer unter den ganzen Einflüssen in der heutigen Welt heraus zu filtern, was einem selber eigentlich antreibt und womit man sein Leben am liebsten verbringen möchte. Unterbewusst folgen wir vielleicht schon lange aus den falschen Motiven einem Ideal, den wir garnicht entsprechen. Besonders in unserer heutigen Welt, in der Social Media, Influencer, Werbe Marketing, gesellschaftliche Ansichten und vor allem auch Meinungen von Freunden und Familie tiefen Einfluss in uns hinterlassen. Auf den Spuren zu sich selbst kann man dadurch schnell vom Weg abkommen. Daher ist Ruhe die Antwort auf die Frage zur Selbstfindung. Sich selber von all den Einflüssen und Stimmen abzukapseln kann einen mehr Klarheit verschaffen. Das gilt besonders auch beim Reisen oder einen Umzug aus der gewohnten Heimat heraus.

Viele Hostels sind sehr gut belebt. Jeden Tag warten neue Abenteuer auf einen. Man hat die Möglichkeit jeden Tag Silvester zu feiern und sich ständig abzulenken ist einfacher denn je. Sich daher zwischendurch mal bewusst zurück zu ziehen, halte ich für sehr wichtig.

Dazu eine kleine Geschichte aus einem Hostel in Mexiko, San Cristobal. Ich sitze am Lagerfeuer zusammen mit dem Doc. Das gesamte Hostel nennt diesen Mann Doc, denn er ist so etwas wie unser aller Großvater. Der Doc ist 74 Jahre alt, Amerikaner, lebt als digitaler Nomade und hat sein gesamtes Geld in Krypto angelegt. Der Mann hat die letzten zwei Jahrzehnte damit verbracht um den Erdball zu reisen und diese Erfahrungen haben ihn sehr Weise gemacht. Ich konnte mir also nicht vorenthalten ihm eine Lektion zu entlocken. Also fragte ich ihn: Wenn du mir eine Sache mit auf dem Weg geben könntest für mein Leben, welche wäre es.

Seine Antwort war: Silence (Ruhe). Wir sind immer auf der Suche nach irgendetwas, eifern immer irgendwelchen Dingen nach und in unserem Kopf kreisen so viele Gedanken. Das was uns jedoch erst Tiefe verleiht, ist die Stille. Dann wenn wir in dem Moment leben, uns von dem Lärm um uns abkapseln und nüchtern erlebte Dinge reflektieren, beginnen wir die Dinge klarer zu sehen und uns selber besser kennenzulernen.

Freiheit

Das Gefühl von Freiheit ist für mich zu einem der wichtigsten Dinge in meinem Leben geworden. Aber wie genau definiere ich jetzt für mich Freiheit und warum halte ich es für so wichtig?

Mein erstes Buch über meine Weltreise welches man immer noch auf Amazon findet trug den Titel „ Süchtig nach Freiheit“ Ohne Plan um die Welt und ist damit zu einem Leitfaden in meinem Leben geworden, der quasi jede Entscheidung stillheimlich mitbegleitet. Im Kern bedeutet Freiheit für mich, den Dingen nachgehen zu können, die einem interessieren, Spaß machen und mehr Freude in das eigene Leben bringen. Also keinen inneren und äußeren Zwängen folgen zu müssen und stattdessen nach seinen eigenen Möglichkeiten ausschau zu halten.

Ich kann mich noch genau dran erinnern, was ich zu einer Freundin sagte, nachdem ich ein paar Monate nach meiner ersten Weltreise wieder in einem Job gefangen war und beinahe täglich die selben Dinge in der Industrie gemacht habe. Ich sagte zu ihr "Ich fühle mich wie ein Vogel, der keine Flügel mehr hat."

Meine Gedanken waren nicht mehr besonders inspirierend und mein Glück habe ich außerhalb meines Jobs gesucht. Der Lockdown im Jahr 2020 hat jedoch dazu geführt, dass man nicht nur vollkommen in seiner Freiheit eingeschränkt wurde, sondern auch, dass ich das Gefühl nicht los geworden bin, in dieser Zeit nur für die Arbeit zu leben. Mir ist bewusst geworden wie unglücklich mich diese Situation gemacht hat und wie wenig Erfüllung ich auf meiner Arbeit gefunden hatte.

Sich für Freiheit zu entscheiden, im Sinne von Beziehungen, Unternehmertum oder einer Weltreise bedeutet auch gleichermaßen ein Risiko einzugehen und die Konsequenzen daraus selber ertragen zu müssen. Der Begriff goldener Käfig beschreibt für mich die Situation in der ich mich befand sehr gut. Ich hatte genügend Geld mir allerlei

Annehmlichkeiten leisten zu können und zumindest immer mal wieder mehr Freude in mein Leben zu bringen. Sei es Sushi essen mit Freunden, ein zweiwöchiger Urlaub in den Tropen, ein schickes Motorrad, tolle Klamotten, ein Geschenk für meine Freundin oder ein paar Tage den Alltag auf einem Festival hinter sich zu lassen.

Letztendlich war ich aber nie anhaltend glücklich, denn ich lebte nicht das Leben, was ich eigentlich führen wollte. Ich habe kein selbstbestimmtes Leben geführt sondern ein Leben, das mir quasi an die Hand gereicht wurde.

Jetzt nicht einmal ein Jahr später habe ich endlich meine Flügel, mein Glück, meine Kreativität und ein Gefühl von grenzenlosen Möglichkeiten zurück und kann deshalb nur sagen, ich folge weiterhin dem Gefühl von Freiheit, denn dieses Gefühl ist es, was mich lebendig, glücklich, und zufrieden in dem Moment sein lässt.

Das Gefühl von Freiheit auf Reisen:

An Orten sein zu können und zu bleiben die einen gut tun.

Mich nur mit positiven Menschen zu umgeben, die mir Energie schenken.

Viele verschiedene Eindrücke unterwegs zu sammeln über die man seine Gedanken kreisen lässt, die womöglich Teile des eigenen Charakters nachhaltig verändern.

Vertrauen in das Leben zu entwickeln. In den Tag hinein zu leben. Nichts planen zu müssen und genau deshalb die coolsten Abenteuer zu erleben.

Dem schlechten Wetter oder Menschen mit einem negativen Vibe jeden Moment entkommen zu können und niemanden gefallen zu müssen.

Viele neue Kulturen und interessante Menschen aus aller Welt kennen zu lernen.

Keinerlei Verpflichtungen zu haben

Bedenken

Sicherheit

Glaube mir, davon kann ich mittlerweile ein Lied singen und ich fühle diesen Aspekt sehr. Meine erste Weltreise habe ich im Alter mit 21 Jahren gemacht in einem sogenannten Sabbatjahr. Mein Arbeitsverhältnis und meine Sicherheit bestand dadurch weiterhin. Erst mit 24 als ich zu meiner zweiten Weltreise aufbrechen wollte, musste ich meinen Job kündigen und bekam mit voller Härte diese Erfahrung zu spüren. Kurz zu meiner Ausgangslage:

Gelernter Fluggerätmechaniker bei Airbus, lebenslanger Übernahmevertrag, einer der besten Arbeitgeber Deutschlands bei einem sehr guten Gehalt. Schlichtweg, ich hatte ausgesorgt. Ich hätte beinahe jeden Kredit für ein Haus bekommen können und hatte eine unwahrscheinlich hohe Jobsicherheit aber jetzt kommt der springende Punkt, ich war nicht sehr glücklich. Zumindest plagte mich die Frage, nach mehr im Leben. Und um das herauszufinden, gab es keinen anderen Weg, als meine Sicherheit über Bord zu werfen, für Freiheit und einer ungewissen Zukunft. Ich für meinen Teil wollte mir zumindest später nie die Frage stellen, was gewesen wäre WENN. Ich halte es für wichtig, nichts in seinem Leben zu bereuen. Wir haben nur dieses eine Leben. Es ist kein Computerspiel, indem man jederzeit auf Neustart drücken kann, wenn man mit seiner Mission gescheitert ist. Wenn man nur diesen einen Versuch hat, der sich Leben nennt, dann lebe ich lieber als nur zu überleben.

Fest steht jedenfalls. Die erste Weltreise hat etwas nachhaltig in mir ausgelöst. Sie hatte mich zu einen besseren Menschen gemacht. Ich war ausgeglichen, dankbar, lebensfroh, besaß Klarheit über die Antworten der wichtigsten Lebensfragen und hatte ein schwer zu erschütterndes Selbstwertgefühl aufgebaut. Mein Leben hat sich einfach jeden einzelnen Tag, in jedem Moment (und damit meine ich die Höhen und Tiefen) selbstbestimmt, frei und erfüllend angefühlt.

Also auch wenn ich mir die größte Mühe gegeben habe, mich auf das normale Leben in Deutschland wieder einzulassen, hatte alles was ich nach meiner Ankunft getan habe, doch nur einem übergeordneten Ziel gedient. Ich wollte mehr vom Leben! Ich wollte wieder raus in die Welt und andere Menschen inspirieren auch diesen Schritt zu wagen und das Gefühl kennen zu lernen. Egal wie meine Vorstellungen im Vorfeld ausgesehen haben. Ich hätte mir den Wert dieser Entscheidung nie erdenken können, dass ein Leben so anders sein kann und sich so anders anfühlen kann. Aber was genau ist denn dieses Bedürfnis nach Sicherheit, Angst und Zweifel?

Sicherheit: Wie schon vorhin beschrieben ist unser Gehirn auf Sicherheit gepolt. Denn die Sicherheit ist die Basis für alles weitere in unserem Leben. In der heutigen Zeit, zumindest in den Industriestaaten muss sich jedoch keiner mehr ernsthaft Sorgen um seine Sicherheit machen. Alle leben friedlich miteinander und jeder hat genug Essen auf dem Tisch, es herrscht eine soziale Absicherung und politische Stabilität. Trotzdem können wir gar nicht genug Sicherheit bekommen und wir richten so ziemlich alles in unserem Leben danach aus. Im Endeffekt tauscht man häufig mit einem übertriebenen Maß an Sicherheit ein Stück Freiheit ein und all unsere Bedenken sind nur Ketten, die uns weiter in der sicheren Umgebung halten wollen.

Angst

Ist generell nichts schlechtes. Doch Ängste sind dafür da, sich ihnen zu stellen. Indem man das macht, entwickelt man sich weiter. Angst zu haben ist in einigen Situationen angebracht und schützt uns vor Dummheiten. In den meisten Fällen jedoch blockieren unsere Ängste einfach nur unseren Fortschritt. Sie sorgen dafür, dass wir in unseren Komfortzone versauern. Denn wir haben Angst vor Veränderung, Angst vor etwas Ungewissen.

Vor allem aber Angst zu scheitern. Wir haben Angst in unserem Leben zu scheitern, denn wir haben nur dieses eine Leben und nicht unendlich viele Versuche. Wenn wir wüssten, dass wir wie in einem Computerspiel nie sterben würden, bräuchten wir keine Angst zu scheitern haben. Das Paradoxe daran ist, dass wir vielleicht sogar unglücklich mit unserer Situation sind, an unserer Lage aus Angst zu scheitern aber dennoch nichts ändern. Die meisten Menschen bleiben daher lieber unglücklich als sich zu verändern. Viele Menschen akzeptieren lieber, das nicht alles in ihrem Leben nach ihren Wünschen und Vorstellungen läuft, als das sie etwas verändern. Denn es besteht eine Chance, dass sich die Lage verschlechtert. Nüchtern betrachtet, verschlechtert sich dadurch aber unsere Gefühlslage, unser Glück und Selbstwert aber besonders dann, wenn wir uns vor einer Veränderung scheuen. Die Entscheidung Verantwortung über sein Leben zu übernehmen und offen für Veränderung zu sein, ist der Schlüssel für ein selbstbestimmtes, freies und glückliches Leben.

Um das Leben zu bekommen, was du willst, musst du zuerst die Angst besiegen und ja zum Leben, Ja! zur Veränderung sagen.

Was sind also deine Ängste die dich vom Reisen abhalten. Ist es die Angst vor Unbekannten, Angst vor einer fremden Kultur, Einsamkeit oder reale Ängste, wie überfallen zu werden?

Reality Check:

Schließe deine Augen. Denke darüber nach was deine größte Angst ist. Was kommt dir zuerst in dem Sinn. Entspanne dich einen kurzen Moment und denke darüber intensiv nach...

Worst Case:
Was würde geschehen, wenn sich deine Angst bewahrheitet?

Zum Beispiel: Du kündigst deinen Job, ziehst aus deiner Wohnung aus um dich selbstständig auf Weltreise zu machen. Was ist das Worst Case? Dein Vorhaben scheitert, du gibst all dein Geld aus, du wirst vielleicht vorrübergehend bei deinen Eltern wieder einziehen müssen und dir neue Möbel kaufen müssen, für eine Weile nicht mehr in den Urlaub fliegen können und dich wieder anstellen lassen, um wieder auf eigenen Beinen stehen zu können.

Reales Ergebnis:
Du bist bei bester Gesundheit, deine Freunde/ Frau/ Mann und Kinder sind es auch, du hast die beste Zeit deines Lebens gehabt, dein

Leben mit unvergesslichen Erinnerungen gefüllt, Dinge erlebt die dich nachhaltig geprägt haben, der Sozialstaat fängt dich auf und du hast einhundert weitere Versuche zur Verfügung.

Nichts tun:
Was würde passieren, wenn du dich von deiner Angst beherrschen lässt und du dich nicht traust deinen Job zu kündigen, für die Selbstständigkeit unterwegs oder um eine normale Weltreise zu machen?

Reales Ergebnis: Du würdest in deiner jetzigen Situation gefangen bleiben in der du bereits unzufrieden bist. Du würdest das Gefühl nie kennen lernen, deinen Traum nachgegangen zu sein. Von Freiheit, neuen Menschen und Kulturen. Du würdest dich ewig fragen, was wäre, wenn ich es doch gewagt hätte?

Speziell Reisen macht dich mutig und stärkt in vielen Bereichen deine Persönlichkeit. Es lohnt sich in das kalte Wasser zu springen. Du wirst mit mehr Selbstvertrauen wieder auftauchen.

Zweifel

Je größer die Entscheidung und je größer die Veränderung sich auf dein Leben auswirkt, desto größer werden auch die Zweifel daran. Du musst wissen, das ist absolut natürlich. Obwohl ich jahrelang davon geträumt habe, meinen Job zu kündigen und unbegrenzt in absoluter Freiheit alle Länder zu bereisen die ich sehen möchte, haben mich die Zweifel täglich aufgefressen. Denn das Richtige zu tun fühlt sich nicht immer auch richtig an. Beinahe täglich habe ich mich gefragt, ob es die richtige Entscheidung ist. Die Antwort darauf lag in der kleinen leisen Stimme in meinem Inneren. Das Gefühl, dass ich es tun will, nein, es tun muss!

Ich versichere dir, wenn man erst einmal die ersten Schritte läuft, verfliegen die Zweifel mit jedem weiteren Schritt immer mehr. Man muss nur wissen, wie man die Zweifel einzuordnen hat. Glaube an dich und deiner Zukunft!

Im Bezug auf die Weltreise. Schaffe ich das? Lass dir gesagt sein, der erste Schritt ist immer der Schwerste. Es ist wahrlich wie eine

Mauer im Gefängnis über die man erst einmal klettern muss, um frei zu sein. Aber vertraue mir, wie sehr du auch an dir Zweifeln magst, mach es trotzdem! Du wirst überrascht sein, wie viel einfacher vieles auf Reisen ist und darüber herzhaft lachen, worüber du dir im Vorfeld noch Sorgen gemacht hast. Du wirst Leute quasi wie von Zauberhand kennenlernen, da du in beliebten Backpacker Ländern eigentlich nie lange alleine bist. Auch die Sache mit dem ständigen Ortswechsel und einen Platz zum Schlafen finden, ist in der Realität keine große Sache mehr.

Rente

Ebenso ist die Rente einer der Punkte, über die sich viele Menschen, insbesondere Eltern Gedanken machen. Was zunächst einmal gut und überaus verständlich ist. Es steht außer Frage, dass es sinnvoll ist, sich früh bewusst zu sein, sich Gedanken um die Rente machen zu müssen! Dazu kommt aber, dass das Boot der staatlichen Altersabsicherung bereits anfängt voll mit Wasser zu laufen. Ich möchte hier kein wirtschaftlich oder politisches Fass aufmachen, die Richtung die sich jedoch abzeichnet, zeigt nur ganz deutlich, wie wichtig die private Vorsorge sein wird. Auf den Staat kann und sollte man sich als junger Mensch nicht mehr verlassen. Die Zeiten sind leider vorbei.

Daher sehe ich auch die Rentenpunkte persönlich als uninteressant an. Viel wichtiger und interessanter für den größtmöglich positiven Einfluss auf eine finanzielle Absicherung im Alter sind jedoch Sachwerte, Akien und Immobilien.

Hier sollte man sich eher mit den Vorsorge Themen: Immobilien (als Kapitalanlage) und Aktien/ ETF`s (die ein gut durchdachtes, breit aufgestelltes Aktienportfolio mit Unternehmensbeteiligungen an großen und stabilen Unternehmen abbilden) befassen, um an die wirtschaftlich positive Gesamtentwicklung der Welt teilhaben zu können. Diese Anlageformen stellen aktuell im Niedrigzinsumfeld nahezu die einzigen Möglichkeiten da, für die einfache Mittelschicht effektiv Vermögensaufbau zu betreiben und für das spätere Alter vorzusorgen oder gar finanziell frei zu werden. Auch ein gewisser kleiner Anteil zur Absicherung gegen Inflation könnte durchaus in begrenzten Anlagen wie Gold oder Bitcoin stecken. Jetzt aber genug zu den Finanzen.

Jedenfalls, zwischen der Entscheidung seinen Träumen zu folgen und dem Fall es nicht zu tun, aufgrund der mehr als fraglichen Versprechungen (Renten Absicherung) seitens des Staates auf Sicht von Jahrzehnten in der Zukunft, wären Rentenpunkte oder allgemein das Thema Rente kein Gegenargument für mich. Man sollte eigenständig Wege schaffen um Geld zu verdienen und ein Teil davon privat anlegen.

Alleine auf Weltreise

Reisen mit einem Partner mit den man sich perfekt ergänzt? Die wenigsten haben dieses Glück. Und jetzt ist die wichtige Frage, sollte man sein Glück von jemanden abhängig machen, der im Moment nicht einmal existiert und dadurch seinen eigenen Traum aufschieben?

Deine Freunde haben keine Zeit oder Bock mit dir auf reisen zu kommen? Kein Problem, umso besser, dann machst du es eben alleine! So kannst du machen was du willst und keine Angst, eine riesige Backpacker Gemeinschaft aus tollen Menschen wartet überall auf der Welt auf dich oder ein Freund/in mit der du gemeinsam weiterreisen kannst.

Ist man nicht ziemlich einsam alleine auf Reisen? Der Gedanke ist naheliegend und das bemerkt man häufig alleine daran, dass eine der ersten Fragen von anderen Personen zu so einer Reise ist: Mit wem reist du zusammen? Wenn die Antwort dann alleine lautet, hört man häufig so etwas wie: Das ist aber mutig so ganz alleine.

Alleine zu verreisen bedeutet für mich nicht Einsamkeit, sondern Freiheit. Man bleibt spontan, lässt alles auf sich zukommen und entdeckt Dinge, die einem sonst verborgen geblieben wären. Keine durchgeplanten Mitreisenden, die einen im strukturierten Tagesplan durch die Sehenswürdigkeiten hetzen und du ihnen folgen musst, obwohl du etwas ganz anderes im Sinn hast.

Es ist einfach absolut und nicht im entferntesten vorstellbar aus der deutschen Alltags Perspektive wie ANDERS das Leben auf der anderen Seite sein kann. Deshalb möchte ich dir davon genauer erzählen.

Ich gebe zu, mich in meiner Heimatstadt alleine in einer Bar zu setzen, alleine auf einer Feier zu gehen oder mir einen Kinofilm alleine anzuschauen, würde mir nie einfallen. Es würde auch einen sehr komischen Eindruck erwecken, auf einer Feier ohne Begleitung zu erscheinen, denn es existieren überall so etwas wie geschlossene Kreise. Ich denke es ist diese Perspektive, aus der die Meisten so eine Reise betrachten. Aber glaube mir, wenn ich dir sage, dass dieser Blickwinkel rein garnichts mit der Reiserealität zutun hat. Die Offenheit auf Reisen kennt keine Grenzen.

Einsamkeit ist ein tiefgreifendes Thema und diese entsteht vor allem im Inneren, selbst wenn man von vielen Menschen umgeben ist. Versprechen kann ich dir aber zumindest, dass du nie alleine sein wirst an den allermeisten Tagen, wenn du es nicht geradezu willst. Die Realität ist nämlich das komplette Gegenteil. Die meisten Leute bereisen die Welt mit Rucksäcken, überwiegend alleine im jungen Alter und halten sich aufgrund von billigen Übernachtungskosten in sogenannten Hostels - Jugendherbergen auf.

Das Hostel Gefühl lässt sich am Besten mit dem Gefühl auf Klassenfahrt zu sein vergleichen. Nur halt über einen längeren Zeitraum. Wer also alleine unterwegs ist, ist wirklich nirgendswo in Wirklichkeit alleine. Mittlerweile finden sich in den unbekanntesten Ländern, an allmöglichen Orten dutzende Hostels, die gleichzeitig die Anlaufstelle für jeden Reisenden bilden. Daher trifft man dort auf haufenweise Gleichgesinnte. Mit den Meisten wird man sich daher auf Anhieb verstehen. Die Atmosphäre ist super locker und positiv, es gibt keine geschlossenen Kreise und man wird überall sofort willkommen geheißen.

In der Regel ist es eher so, das man jeden Tag auf so viele neue Menschen und Erlebnisse trifft, das es einem irgendwann zu viel wird und man sich freiwillig etwas zurückzieht in einem Privatzimmer oder sich einer Person oder Gruppe anschließt, um mit ihnen eine Weile gemeinsam zu reisen. Es ist also Wirklich das genaue Gegenteil von dem, was die Leute denken, wenn du ihnen sagst, du gehst alleine auf Weltreise. Es ist das absolute High Life und hat nichts damit zutun, alleine in seiner Wohnung zu verrotten.

Wenn du Angst hast alleine zu starten. Frage dich auch hier einfach: Was ist das Schlimmste, was dir passieren kann? Spiele einfach mal alle möglichen Szenarien im Kopf durch. Ist die Chance wirklich höher, in Thailand von einem Hai gefressen zu werden, als in der heimischen Stadt von einem Auto angefahren zu werden? Wirst du wirklich mutterseelenalleine zwei Wochen am Strand in Neuseeland liegen, oder ist es wahrscheinlicher, dutzende neue Freunde und Gleichgesinnte am Strand/ Hostel/ Bus/ Eisdiele fürs Leben zu finden? Stelle dich deinen Ängsten, du wirst dafür reichlich belohnt werden und daran wachsen!

Alleine auf Weltreise gehen ist allemal besser als jahrelang oder womöglich für immer auf Freunde oder den perfekten Partner zu warten. Dein Traum sollte nicht abhängig von anderen sein. Mit ein bisschen Mut und einer Portion Offenheit kommen die meisten Alleinreisenden mit einem grenzenlosen Gefühl von Freiheit wieder. Sie haben sich ihren Ängsten gestellt und gemerkt, dass in 99,9 Prozent der Fälle nicht das eingetroffen ist, wovor sie am meisten Angst hatten, sondern das genaue Gegenteil: Sie verbrachten eine tolle Zeit mit vielen neuen, intensiven Erlebnissen und Bekanntschaften!

Alleine Reisen Vorteile:

- Du kannst machen was DU willst. Du bist frei und musst keine Kompromisse eingehen und bist zu jeder Zeit flexibel in deinen Entscheidungen. Du kannst jeden Tag gestalten wie du möchtest, angefangen wie lange du schläfst. Triffst du coole Leute, kannst du dich sofort ihnen anschließen. Fühlst du dich von einem Ort gelangweilt, kannst du sofort weiterziehen.

- Du wächst mehr über dich hinaus. Du hast die Verantwortung für alles. Du wirst persönlich viel mehr davon mitnehmen, wenn du alleine durch die Welt reist.

- Du kommst eher mit anderen Menschen/ Einheimischen in Kontakt weil, 1. die Menschen dich eher ansprechen oder sogar zu sich nach Hause einladen aus Neugierde warum du alleine unterwegs bist und 2. kommst du eher proaktiv mit anderen in Kontakt, weil du schlicht keine andere Wahl hast, als auf anderen Menschen zuzugehen.

- Deine Sprachkenntnisse verbessern sich. Du bist gezwungen dich nicht mehr auf deine Muttersprache zu unterhalten. Deine Sprachkenntnisse werden sich erstaunlich schnell verbessern (Ich konnte zum Beginn meiner ersten Reise nahezu kein Englisch und kein Wort Spanisch).

- Du lernst gelassener zu werden. Es ist einfach langweilig sich selber zu stressen.

- Du lebst intensiver im Moment

Nachteile:

- Du musst dich tatsächlich um alles selber kümmern. Wer schlau ist, sucht sich aber immer jemanden oder fragt andere Personen, die bereits die Informationen gesammelt haben, die du brauchst.

- Der wahrlich größte Nachteil. Tolle Momente sind schöner, wenn sie geteilt werden. Du erlebst zwar unvergessliche Momente, teilst sie in der meisten Zeit auch mit anderen Reisenden, teilweise sehr guten Bekanntschaften/ Freunden aus dem Hostel oder von unterwegs aber mehr oder minder erlebst du diese Momente alleine bzw. nimmst sie mit alleine nach Hause. Mit einem Partner oder Freund von Zuhause könnt ihr noch 10 Jahre später gemeinsam in Erinnerungen schweben und euch darüber austauschen. Unbezahlbar!

- Smalltalk. Du lernst viele Leute kennen und neben all den Vorteilen, der Smalltalk wird dir nach einer Weile richtig auf die Nerven gehen. Sei nicht die Person, die jedes Gespräch gleich eröffnet und versuche einfach kreativer auf dem Moment einzugehen. Smalltalk hilft nicht dabei die Person einordnen zu können und kein Reisender liebt es jeden Tag fünf mal die selben Fragen zu beantworten. Aber keine Sorge, im Laufe des Buches stelle ich dir ein paar Alternativen zu den langweiligen Fragen vor.

Vorteile zu zweit:

- Tiefere Bindung: Es ist schön mit Leuten gemeinsam zu reisen die einen bereits kennen, so baut sich eine tiefere, innige Bindung auf und man muss nicht immer wieder von vorne anfangen mit Oberflächlichkeiten und den energie raubenden Smalltalk.

- Sicherheit: Kein Thema den ich meine volle Aufmerksamkeit schenke aber ja, es ist sicherer und man schützt sich selber eher vor belästigenden Gesprächen.

- Privatunterkünfte in einem Airbnb sind teuer, um sich mal von den Trubel im Hostel zurück zu ziehen. Ein Einzelzimmer macht da alleine eher wenig Sinn und auch die Sprit, Taxi oder Mietwagenkosten sind alleine nicht so gut tragbar.

- Neue Menschen kennen lernen kostet Energie. Diese reingesteckte Energie verpufft nach wenigen Tagen einfach, sobald sich die Wege wieder trennen.

Reisen als Frau

Offensichtlich bin ich für dieses Thema nicht der beste Ratgeber. Ich habe sehr viele alleinreisende Frauen in den unterschiedlichsten Ländern getroffen und konnte mich ein wenig mit ihnen austauschen. Wichtig ist mir daher zu sagen, das es kein Problem ist, auch als Frau alleine zu reisen, egal in welchem Land. Ich habe Frauen getroffen, die in El Salvador, Kolumbien oder Indien monate alleine unterwegs waren. Besonders erinnern kann ich mich an Catherine (3 Jahre in Asien und Neuseeland unterwegs gewesen), Corina (4 Jahre um die Welt, meiste Zeit in Indien und Mexiko), Vivien (2 Jahre Australien) und Diana (lebte 6 Jahre lang an verschiedenen Orten in Mittelamerika. Jede von ihnen war die pure Lebensfreude.

Zuerst sei gesagt, mir ist nie aufgefallen, wie viel Unbehagen dieses Thema auslösen kann im Vorfeld. In der Realität jedenfalls habe ich es beinahe als selbstverständlich gesehen, dass Frauen, sowie Männer problemlos alleine reisen können. Besonders als Frau gibt es hier jedoch noch folgendes zu beachten.

Gerade für alleinreisende Frauen ist es in manchen Ländern wichtig, angemessene Kleidung zu tragen. Achtet auf die Kulturen. In Südamerika sind Frauen eine größere Zielscheibe. Abends nicht mehr alleine rum laufen und besonders umschauend sein.

Um Unangenehmen Situationen aus dem Weg zu gehen, ist der Schlüssel ein entschlossenes und selbstbewusstes Auftreten, im Zusammenspiel mit ein paar gezielten Sätzen, um in bestimmten Situationen die richtigen Signale zu senden. Als Frau sollte man lernen die Grenzen für die eigene Wohlfühlzone zu setzen. In Indien hingegen sind die Menschen im öffentlichen Leben an keinerlei Distanz gewöhnt. Hier wird man als Europäer schnell belagert. Die Menschen haben keinerlei Berührungsangst.

Diese Orte hingegen gelten generell als sicher und problemlos bereisbar. Hier wird man auf viele weitere alleinreisende Frauen treffen: Raum Asien (Bali, Malaysia, Thailand), Australien, Neuseeland, Europa aber auch in Mexico (Yucatan, Puerto Escondido und co), Costa Rica, Panama und den USA sollte man keinerlei Probleme bekommen.

Zurücklassen von Familie, Haustiere, Wohnung

Die Liebsten Zuhause zurück zu lassen ist sicher nicht einfach, allerdings ist es ja nur temporär und es gehört einfach dazu, wenn man seine ganz eigenen Träume verfolgt.

Manchmal kann es auch vorkommen, dass ein Familienmitglied im Sterben liegt. In dem Falle kann man die geplante Reise ja auch etwas nach hinten verschieben. Auch dieser Fall wäre ja nur temporär.

Ein größeres Problem ist dagegen ein Haustier. Ein Hund? Ist nicht das größte Problem. Damit hast du einfach neue Rahmenbedingungen. Du könntest zum Beispiel mit einem Van die Welt erkunden und deinen Hund einfach mitnehmen. Selbst Fliegen ist möglich. Du solltest lediglich die Einreisebestimmungen jeweils beachten.

Was aber machen bei einer Katze? Ich weiß genau wie es sich anfühlt, sein Haustier so lieb zu gewinnen, dass man es nicht einfach so zurücklassen würde. Mein Kater ist seit 16 Jahren mein bester Freund. Ich weiß, dass ich ihn nie wieder sehen werde, wenn ich diese Weltreise beginne, da er bereits krank ist. Zu meinem Glück lebte er allerdings schon immer bei meinen Eltern. Das Beste wäre also, das Tier im Kreise der Familie oder guten Freunden über die gesamte Zeit unterzubringen. Es gibt sicher viele Menschen, die sich darüber auch sehr freuen würden. Letztendlich ist es aber dein Traum und wenn du das übertriebene Bedürfnis danach hast, werden sich sicher Wege finden lassen, dies trotz Haustier zu meistern.

Wohnung aufgeben

Ja dieser Part ist machbar aber auch alles andere als entspannt und mit viel Organisation verbunden. Jedoch lohnt sich der Aufwand um ein vielfaches und du wirst es nicht bereuen, schon in dem Moment, wo du aus dem Flieger steigst. Die einfachste Lösung wäre natürlich jemanden für den Zeitraum für die Untermiete zu finden. Wenn man dann spontan beschließt die Reise zu verlängern, dann hält man lediglich einmal kurz Rücksprache mit dem Mieter. Vorteil hier, nach deiner Reise ziehst du ganz einfach in deiner alten Wohnung zurück. Allerdings kann dies auch zu Komplikationen führen, die man unterwegs nicht unbedingt haben möchte.

Also bleibt am Ende vielleicht doch nur das Auflösen der Wohnung über. Im Idealfall fällt einen jemand ein, bei dem man einige Sachen zwischenlagern könnte, auch gibt es spezielle Dienstleistungsunternehmen dafür. Um die Reisekasse jedoch zu entlasten und sogar aufzufüllen, macht es am meisten Sinn, die Möbeln vorher zu verkaufen. Nachteil hier ist ganz klar, nach der Reise müsste man erst einmal bei Freunden und Familie unterkommen und sich neue Möbel anschaffen. Wobei ich euch garantieren werde, dass ihr danach ohnehin einiges ändern wollt. Ohne Wohnung und ohne Mieter ist man allerdings freier, was mir persönlich auch sehr wichtig wäre.

Organisation im Ausland

Eine Weltreise ist mit viel Planung verbunden, dass stimmt natürlich aber Sorgen sollte man sich deshalb noch lange nicht machen. Das ganze Thema mit dem Rucksack um die Welt zu reisen ist bedeutend einfacher als man es sich vorstellen mag. Bei der Vorstellungen plagen einen eine Menge Fragen. Planen und Vorbereiten gut und schön aber wie funktioniert das Ganze, wenn man erst einmal den Flughafen verlassen hat. Angefangen mit der Frage wohin geht es jetzt eigentlich, wie finde ich heraus was es in dem Land zutun gibt und wie läuft das mit dem Transport ab?

Transport: Ein Fragezeichen das ziemlich schnell erschlischt, wenn du nicht gerade nach Somalia reist. In der Regel bist du nicht der Erste der auf den Gedanken kommt als Rucksackreisender Tourist in dieses Land zu reisen. Meist bietet der Tourismus die beste Möglichkeit für diese Länder und ihre Bewohner an Wohlstand zu gelangen. Für jedes erdenkliche Fragezeichen gibt es also bereits ein dutzend voll Antworten parat. Das bedeutet, dass beispielsweise überall kleine Reisebüros sitzen in denen man eine Bustour bequem von einem Standpunkt zum Nächsten buchen kann. Entweder sind die Länder selbst schon sehr gut vernetzt oder aber zumindest die Transportmöglichkeiten für Touristen sind es. Dasselbe gilt auch für allerlei Dinge wie: Essensmöglichkeiten, Waschsalons, Friseure und Supermärkte. An jedem Ort wo sich einige Touristen sammeln, gibt es doppelt so viele Einheimische, die euch bei euren Problemen gegen einen Obolus helfen möchten.

Zudem sei besonders betont, dass besonders an Drehkreuzen für Touristen wie Bus Terminals oder Flughäfen sich meistens schon die ersten Fragezeichen klären lassen. Wie beispielsweise Geld abheben, eine Sim Karte für mobiles Internet unterwegs, Essen und ein Fahrplan bis zur Unterkunft.

Der beste Tipp um im Vorfeld ein paar Fragezeichen zu klären ist hier daher trotzdem die gezielte Suche im Internet, einzelne Reiseführer oder am stressfreisten, das Austauschen mit anderen Reisenden, Einheimischen oder den Hostel Mitarbeitern.

Meist erfährt man sofort von den anderen Reisenden welche Dinge man auf jeden Fall erleben sollte oder wie man die jeweiligen Sachen am besten organisiert. Mit dieser Variante bin ich 2018 zum Beispiel ausschließlich um die Welt gereist. Die beste Art herauszufinden wie man an einen Ort kommt, ist ebenfalls mit anderen Menschen zu kommunizieren. Offenheit ist tatsächlich der Schlüssel beim Reisen welcher alles einfacher werden lässt. Versuch es einfach öfter einmal selber und du wirst merken, dass Menschen Freude daran haben, wenn sie merken, dass sie dir helfen können. Es ist also wirklich keine große Sache und das Meiste ergibt sich tatsächlich von selbst. 1 Monat reisen ist eben weit spannender und ereignisreicher als ein Jahr in seiner Komfortzone zu verharren.

Geld reicht nicht aus

Begrenzte finanzielle Mittel können für mächtig Kopfschmerzen sorgen. Zum einen steht die Frage im Raum, wie viel Geld braucht man eigentlich für so eine Weltreise. Dieses Thema werde ich im Laufe des Buches genauesten behandeln und dir auch einige Tipps mit an die Hand geben, unterwegs viel Geld sparen zu können. Dann stellt sich aber noch die Frage, was ist, wenn das Geld unterwegs doch nicht ausreichen sollte.

Erstmal sei gesagt, ist nur davon abzuraten, sich für einen Urlaub, eine Reise, eine Waschmaschine oder was auch immer, zu verschulden. Ein Kredit sollte also keine Option sein. Geld das man nicht besitzt, sollte man nicht ausgeben. Für mich wäre es daher auch keine Überlegung, sich Geld von Freunden oder Familie zu borgen. Was also machen, wenn nur begrenzte Mittel zur Verfügung stehen?

Aufgrund dessen, macht es Sinn, sich erstmal für eine Region wie z.B Südostasien zu entscheiden, die einfach von den Lebensunterhaltskosten her sehr gering ist oder direkt ein Work and Travel Visum in Australien, Neuseeland oder Kanada zu beantragen, um erstmal ordentlich Geld sparen zu können. Wie sagt man so schön, erst die Arbeit, dann das Vergnügen.

Plattformen wie Workaway helfen einem dabei gegen eine geringe Arbeitsleistung kostenlosen Lebensunterhalt zu erhalten. Aber auch über normale Wege kommt man erstaunlich einfach an solche Jobs. So erfordert es nur wenige Mails an einzelne Hostels oder direkte Nachfrage Vorort, um sich bereits einen Arbeitsplatz im Hostel gegen den Tausch eines kostenslosen Schlafplatzes und Essen zu sichern.

Auch im heutigen online Zeitalter gibt es genügend Möglichkeiten sich noch etwas dazu zu verdienen. In jedem Fall kann man eine Weltreise mit einem beliebig kleinen Geldbetrag starten und nahezu unendlich strecken. Ich kenne einige Leute, die nach ein paar Jahren Weltreise mit mehr Geld zurückgekehrt sind, als sie vorher besaßen.

Die Länder mit Work and Travel Visum zahlen gut und suchen immer händeringend nach Arbeitskräften in allen möglichen Bereichen. Dazu zählen: Australien, Kanada und Neuseeland. Der Mindestlohn in Australien beträgt derzeit 19,5 AUD, umgerechnet 12,5 Euro. Die Bezahlung fällt aber bei den meisten Jobs höher aus.

Mögliche Jobs wären: Barkeeper/ Kellner, Au Pair, Erntehelfer, Empfangs oder Verwaltungsmitarbeiter, Bauarbeiter, Tischler, Tourismusbranche, Solarfarm, Tagebau (Minenarbeit) oder auch etwas abenteuerlicher als Fallschirmspringer, Tauch oder Surflehrer.

Gehälter von 25 bis 30 AUD also 16 bis 19,5 Euro die Stunde sind eher der normale Standart. Je nach Können, Arbeitszeit und Arbeitgeber kann der Lohn auch höher ausfallen. Einige Jobs die schwer zu finden sind und meistens nur durch Vitamin B oder perfektes Timing zu stande kommen, sind beispielsweise Arbeiten an einer Solarfarm oder im Bergwerk. Ein Kumpel von mir hat beispielsweise knapp 5000 Euro im Monat auf einer Solarfarm verdient und in der Minenstadt Kalgoorlie im Tagebau kann man gut und gerne mehr als 150 Euro am Tag (8000 pro Monat) verdienen für sehr harte Arbeit.

Es gibt also keinen Grund sich über eine schrumpfende Geldbörse unterwegs ernsthafte Sorgen machen zu müssen, denn für jedes Problem, gibt es auch eine Lösung.

Versagensängste

Sind völlig normal und gehören zum Menschsein dazu. Auch wenn man es vielleicht ungerne zugeben mag, aber der Gedanke daran, was andere Leute von einem denken, falls man seine Mission Weltreise vorzeitig abbrechen sollte, löst sicher ein gewisses Maß an Unbehagen aus. Letztendlich ist man aber einzig und allein für sein eigenes Leben verantwortlich und sich erst einmal diesen Schritt zu trauen, ist eher das genaue Gegenteil von Versagen. Wenn man seinen Traum folgt und im schlimmsten Fall merkt, dass es für einen nicht das ist, was man vielleicht erwartet hat, so hat man wenigstens die Gewissheit und kann eine wichtige Lektion daraus ziehen. Es ist also in Wahrheit das genaue Gegenteil von Versagen.

In dem Fall, in dem man seine Träume auf ewig aufschiebt, bis sie eines Tages zu weit in die Ferne rücken und man ihnen niemals nachgeht, hat man wirklich versagt. In diesem Fall bekommt es vielleicht niemand anderes mit, schlimmer aber, im Innersten weiß man es selber ganz genau und wird dadurch immer eine Ungewissheit verspüren. Es gibt wahrlich nichts schlimmeres, als sich immer fragen zu müssen, was gewesen wäre WENN.

Eine kleine Geschichte dazu, warum man es positiv sehen sollte, zu „scheitern".

Sara Blakely, die Gründerin des Unternehmens Spanx und damit jüngste Selfmade-Milliardärin, erzählte in einem Interview, wie ihr Vater sie schon als kleines Kind dazu erzog, Versagen als etwas Gutes anzusehen. Einmal wöchentlich fragte er sie, womit sie gescheitert sei und wenn ihr etwas einfiel, bekam sie ein High Five. Wenn sie nichts zu berichten hatte, war ihr Vater geradezu enttäuscht. Denn für ihn bedeute es, dass sie sich nicht aus ihrer Komfortzone gewagt hat und keine wertvolle Lektion dazu gewonnen hat. Schon von Beginn an wurde ihr beigebracht, Versagen als wichtige Erfahrung zu sehen, mit all ihren Chancen daran wachsen zu können.

Etwas gar nicht erst zu probieren, wurde dadurch für sie zu dem eigentlichen Versagen.

„Wir haben so häufig Angst etwas zu verlieren, dass wir gar nicht sehen, was wir gewinnen können, wenn wir es versuchen."

Lücke im Lebenslauf

Ja manch böse Zunge würde lispelnd so etwas von sich geben. Die Realität sieht glücklicherweise mittlerweile ganz anders aus. Eine Weltreise oder eine etwas längere Auszeit aus dem System wird nämlich nicht nur weitgehend von vielen Arbeitgebern positiv aufgefasst, es kann auch super gut vermarktet werden und das sogar, ohne auch nur im entferntesten lügen zu müssen. Abgesehen davon, dass man unter Garantie auf einer Weltreise so vielen Herausforderungen ausgesetzt ist, das man garnicht anders kann, als daran persönlich zu wachsen und an Selbstvertrauen dazu zu gewinnen, was in einem Bewerbungsgespräch oder späteren Job enorm von Vorteil ist, gibt es viele weitere Punkte, die dafür sprechen.

Kenntnisse für eine Bewerbung:

- Bereitschaft Verantwortung zu übernehmen
- Sprachkenntnisse
- Soziale Kompetenz
- Belastbarkeit
- Flexibilität
- Sich neuen Gegebenheiten schnell anpassen zu können
- Eigenständig lösungsorientierte Entscheidungen treffen zu können
- Herausforderungen annehmen und bewältigen.

Viele dieser Kompetenzen sind in der heutigen Zeit besonders gefragt. Daher ist es nur eine Frage, wie man eine solche Reise vermarktet.

Planung

Jeder Anfang ist schwer

In diesem Moment, wo ich das Buch beginne zu schreiben, gehen mir dieselben Gedanken durch den Kopf. In wenigen Tagen startet meine Reise in Mexiko und ich bin super aufgeregt, wie es wieder sein wird. Ich gebe es zu, ja ich habe auch Angst und Zweifel aber ich weiß, wie schnell diese sich in Luft auflösen, wenn man erst einmal ein paar Tage angekommen ist und die ersten Kontakte knüpft. Bis man richtig in den Reiseflow kommt dauert es eine Weile. Geb dir selber die Zeit anzukommen.

Rückblickend nach einem halben Jahr auf der Durchreise muss ich sagen, es hat sich genau so bewahrheitet und ich habe hier genau die richtigen Worte getroffen.

Um dir den Start aber etwas leichter zu machen, in Ruhe anzukommen und ein Gefühl dafür zu bekommen wie es ist auf Reisen zu sein, rate ich dir deine erste Unterkunft mit Bedacht auszuwählen. Ich würde lediglich für ein paar Tage die erste Unterkunft buchen, alles weitere ergibt sich dann von Zauberhand. Wenn du dich dadurch besser fühlst und es dir ein Gefühl von Sicherheit gibt, plane maximal die erste Woche durch. Anregungen und Unternehmungen kannst du auch ruhig raussuchen, nur eben noch nicht über der ersten Woche hinaus fest einplanen/ buchen.

Egal ob du im Mehrbettzimmer oder im Einzelzimmer schlafen möchtest, bei deiner Ankunft (Einzelzimmer sind im Normalfall auch in jedem Hostel verfügbar) rate ich dir in jedem Fall, die ersten Nächte in einem schönen und gut besuchten Hostel mit zentraler Lage einzuchecken. Hier wirst du garantiert viele Kontakte knüpfen und bemerken wie viel einfacher das Reiseleben ist, als du es dir ausgemalen hast. Sei unbesorgt wenn es sich die ersten Tage komisch anfühlt oder du eher zu den schüchternen Personen gehörst. Ein Meister ist noch nicht vom Himmel gefallen. Diese vielleicht erstmals unangenehmen Momente entpuppen sich nach einer Weile als dringend nötig. Du bist ja schließlich auch auf der anderen Seite der Welt, um mehr über dich heraus zu finden.

Länder und Budget

Ja die Landkarte ist groß. Es gibt aktuell 195 anerkannte Länder. Da fällt die Auswahl nicht immer ganz so leicht, oder? Ich bin damals wie folgt vorgegangen. Zuerst habe ich mir über die meisten Länder etwas durchgelesen und dann blind einfach alle Länder rausgesucht, in die ich mir vorstellen könnte zu verreisen. Anschließend sollte man sich die Frage nach dem Budget stellen (Großes Budget – Kein Problem zu verschiedenen Kontinenten zu fliegen) und in welcher Region die meisten Länder liegen, die man sehen möchte. Zum Beispiel spart man enorm viel Geld, wenn man sich nur in einer Region aufhält, wie beispielsweise Asien.

Wenn man dann allerdings nach Südamerika fliegen möchte, geht das schnell ins Geld. Mit 800 Euro für die Flugverbindung sollte man hier fast rechnen, das entspricht wiederum mehr als einen Monat im Raum Asien. Zudem stellt sich die Frage, was man genau sehen möchte und wie sicher die Länder sein sollen.

Für einen Backpacking Beginner eignet sich daher der asiatische Raum perfekt. Viele Länder sind über Land miteinander verbunden und auch die Flüge sind unfassbar billig dort, sowie die Lebensunterhaltskosten, welche bei rund 20 - 25 Euro am Tag liegen. In Asien lebt man wie ein König, die Landschaften sind tropisch grün, man lernt die unterschiedlichsten Kulturen kennen und die meisten Länder sind sehr sicher und beliebt bei vielen Backpackern. Man trifft also definitiv immer auf Gleichgesinnte. Auch kann man den Raum Asien super mit den teureren Australien oder Neuseeland (Tagesbudget 50+) verbinden, auch um dort eventuell mit dem einfach zu beantragenen Work and Travel Visum seine Reisekasse aufzufüllen.

Die etwas taffere Variante ist der Gringo Trail in Mittelamerika. Auch hier sind die Länder mit einem Tagesbudget von rund 25 - 35 Euro sehr erschwinglich. Die Länder haben extrem viel Abwechslung zu bieten, es gibt unfassbar viel zu erleben und die Weiterreise per Bus ist super easy, da die Länder alle recht klein sind. Allerdings ist die Kriminalität hier deutlich höher, die Länder dafür aber umso authentischer. Zudem lässt sich der Gringo Trail perfekt in Südamerika (Tagesbudget 30 bis zu 40 Euro) weiterführen. Für Flugverbindungen gilt, Nordamerika, Europa und Südostasien haben viele Billig Airlines. In

Mittel und Südamerika sollte man versuchen über Land zu reisen, da die Flüge hier deutlich mehr kosten. Allgemein kann man bei Flügen enorm viel Geld sparen, dazu aber später mehr.

Halten wir ein paar Anregungen fest:

Neuseeland / Australien: + 50 Euro am Tag

Asien: 20 bis 25 Euro

Myanmar
Thailand
Kambodscha
Vietnam (billiger)
Laos
Malaysia
Singapur (teurer)
Indonesien
Philippinen
Japan (teurer)
China (teurer)
Indien (billiger)
Nepal
Sri Lanka

Kanada/ USA: +50 Euro
Mexiko: 25-35 Euro

Mittelamerika: 25 bis 30 Euro

Guatemala
El Salvador
Honduras
Nicaragua
Costa Rica (teurer)
Panama (etwas teurer)

Südamerika: 30 bis 40 Euro:

Kolumbien (billiger)
Ecuador (billiger)
Peru
Bolivien (billiger)
Chile (teurer)
Argentinien
Uruguay (teurer)
Paraguay
Brasilien

Inseln in der Nähe:

Hawaii:	≈ 70 Euro
Puerto Rico:	≈ 40 Euro
Kuba:	≈ 35 Euro
Jamaika:	≈ 50 Euro
Dominikanische Republik:	≈ 45 Euro

Backpacker Routen

Welches Land ist das richtige für deine Rucksackreise? Alle Länder haben etwas besonderes zu bieten.

Asien ist billiger und anfängerfreundlicher, das Essen ist lecker und gesund, die Natur ist tropisch grün und man muss sich um seine Sicherheit keine Gedanken machen, dafür ist wiederum alles hektischer und chaotischer. Die Distanzen Überland sind überschaubar, gutes Transportnetz und billige Airline Verbindungen finden sich hier vor.

Interessante Länder in Asien: Neben den Klassiker Thailand, welches besonders durch seine wahnsinnig schönen Inseln und Partys hervorsticht, gilt Myanmar als besonders authentisch mit super freundlichen Menschen. Die Philippinen sollen einige der schönsten Strände der Welt bieten. Vietnam ist super abwechslungsreich, sehr authentisch, freundliche Menschen, tolle Natur und eines der billigsten Länder in Asien. Die beste Art hier zu reisen ist es ein

Motorrad zu kaufen und vom Norden in den Süden zu fahren. Indonesien, zudem bekanntermaßen auch Bali, die Insel der Götter und glücklichen Menschen gehört, sollte auch auf keiner Asien Reise fehlen. Besonders der Bootstrip auf die Komodo Inseln von Lombok aus war ein absolutes Highlight. Es zählt zu einem der 7. Natur Weltwunder. Die intensivsten Erfahrungen, spirituelle Verbindungen und tolles Essen gibt es in Indien. Ein Land das man sicher einmal gesehen haben sollte in seinem Leben.

Mittelamerika sieht schon wieder ganz anders aus. Die Mentalität ist sehr entspannt, Pura Vida ist das Lebensmotto in Costa Rica, was soviel heißt wie das einfache Leben. Ich nenne es auch die Hängematten Mentalität. Die touristischen Orte gelten als relativ sicher, wenn man sich etwas umsichtig verhält. Es erwarten einen alte spanische Städte, erschwingliche Preise, viele Abenteuer, Vulkane, schöne Landschaften, ausgelassene Partys und eben mal alles etwas authentischer mit weniger Touristen. Die Transportmöglichkeiten sind ebenfalls einfach und billig über Landverbindungen. Die Distanzen sind ebenfalls sehr klein. Fliegen ist dafür etwas teuer, da es keine richtigen Billig Airlines gibt.

Interessante Länder in Mittelamerika:

Costa Rica bietet den Dschungel, wunderschöne Natur und Strände, viele Abenteuer, ist gut entwickelt, gilt als sicher aber auch relativ teuer. Perfekt für Mittelamerika Einsteiger oder Roadtrip.

Daneben gibt es aber auch weitere Länder wie Guatemala (Vulkan Wanderung nahe der spanischen Kolonialstadt Antigua/ zelten auf den Acatenango und den aktiven Vulkan Fuego bei seinen Explosionen zu beobachten, war eine der coolsten Dinge in meinem Leben. Genauso wie der magische Lake Atitlan, der nicht nur einer der besten Orte weltweit für eine Spanisch Schule ist, sondern auch Ruhe und Spiritualität nahezu anzieht. Die touristischen Orte sind sicher, genau wie in Nicaragua. Zwei sehr unterschätzte Backpacker Länder, die eine Menge zu bieten haben.

Aber auch Mexiko hat für einige Monate genug zu bieten und ist immer wieder für eine Überraschung gut. Meine Lieblingsorte hier sind Puerto Escondido, da es ein Strand/ Surfer und Party Paradies ist mit den besten Vibe, Sonnenuntergängen, Bars und Restaurants zu erschwinglichen Preisen. Viele bleiben gleich Monate hier stecken, genau wie in San Cristobal, eine authentische Stadt auf den Bergen mit den billigsten Preisen und angenehmen Temperaturen in Mexiko. Auf der Karibikseite ist für mich neben Tulum auch Bacalar, Holbox, Valladolid, Campeche und Palenque besonders sehenswert mit vielen unterschiedlichen Aktivitäten.

Panama ist klein aber fein. Die Bocas del Toro Inseln sind ein Traum für Inselliebhaber. Ob legendäre Partys oder absolute Ruhe in preiswerten Luxus Hostels hat man die freie Auswahl. Traumhafte Inseln auf den San Blas, Nationalpark Boquete oder die beeindruckend moderne Stadt von Panama City.

Südamerika hat auch viele Abenteuer zu bieten und ich habe so viel gutes gehört, dass ich mich neben Kolumbien (Tolle Orte sind Santa Marta, Medellin, Trip nach Guatape, Jardin und Salento) oder Brasilien gar nicht für ein Land entscheiden könnte. Allerdings muss man hier schon deutlich mehr auf seine Sicherheit und Hinweisen der Einwohner hören. Auch Spanisch sollte man beherrschen, um sich das Leben zu vereinfachen. Peru ist touristischer und sicherer, Bolivien und Ecuador wieder billiger und authentischer mit jeder Menge Abenteuern.

Spanisch Schulen sind übrigens beliebt in Guatemala am Lake Atitlan oder Antigua (150 Euro für 20 Stunden Privatlehrer pro Woche, leben bei einer Maya Familie im eigenen Zimmer mit 3x täglichen guten Essen) Dem gegenüber zahlt man in Kolumbien – Medellin/ Cartagena (schöne Stadt mit angenehmen Temperaturen knapp 200 Euro für 20 Stunden in einer Gruppe ohne Unterkunft und Essen).

Afrika ist definitiv ein muss für alle die Tiere und Safari lieben. Anders als man denkt, sind die Expeditionen und das Leben zum Beispiel in Namibia und Tansania aber sehr teuer. Madagaskar soll unglaublich und erschwinglich sein, sobald man es dort erstmal hin geschafft hat. Afrika: zählt nach wie vor als Backpacker-unerschlossen. Es soll allerdings dennoch recht einfach sein durch Afrika zu reisen. Es gibt Minibusse, die dich von A nach B bringen. Diese sind zwar meistens überfüllt, aber umso abenteuerlicher ist es dann auch.

Die Auswahl an Hostels ist beschränkt, aber die Hostels die es in Afrika gibt sind überwiegend hervorragend und einzigartig. Angenehm ist auch, dass der Altersdurchschnitt von Afrikareisenden wie auch in Südamerika (22+) bei 25+ liegt und die Reisende die man trifft häufig einen interessanten Hintergrund mitbringen. Südafrika und Tansania sind Länder mit einem hohen Sicherheitsgefühl. Afrika als Tourist zu bereisen ist sehr teuer, da besonders die Safaris ordentlich ins Geld gehen, sodass ein einfacher Backpacker durchaus mit 1500 Euro pro Monat rechnen muss.

Grobe anfängerfreundliche Route:

Südostasien: Thailand – Kambodscha – Vietnam – Laos – Malaysia – Indonesien – Philippinen

Abenteurer Route: Mexiko – Belize (teuer/ kann weggelassen werden) – Guatemala – Honduras Karibikseite zum Tauchen oder El Salvador – Nicaragua – Costa Rica – Panama

Abenteuerer Langzeit: Mittelamerika + Panama über San Blas Inseln mit Boot nach Kolumbien oder Flug ab 100 Euro – Ecuador – Peru – Bolivien – Chile – Argentinien – Brasilien

Safarie: Südafrika (Krüger Nationalpark) – Namibia – Tansania (Serengeti Park) - Madagaskar

Visa Aufenthalt - Einreisebestimmungen

Herzlichen Glückwunsch, wir deutschen halten den Platin Reisepass in unseren Händen und haben mit die besten Visabestimmungen auf der Welt. Das Visa on Arrival ist sehr einfach und bequem. Es bedeutet: Das Visum wird nicht vor Beginn der Reise, sondern bei Ankunft am Flughafen oder an einer Landesgrenze ausgestellt und muss nicht vorher beantragt werden. Ein E-Visa hingegen wird online im Vorfeld auf der jeweiligen Website der Regierung beantragt.

SÜDOSTASIEN:

Indonesien: visafrei (kostenlos - 30 Tage) oder mit dem Visa on Arrival für verlängerten Aufenthalt (30 Tage – kostet 30 US-Dollar am Flughafen, anschließend allerdings verlängerbar um 30 Tage (ca. 30 US-Dollar) oder Visum vorab beantragen (60 Tage und mehr).

Kambodscha: „Visa on Arrival" (30 Tage - 30 US-Dollar oder besser das e-Visa, wenn man über Land einreist von Thailand (30 Tage - 40 US-Dollar), verlängerbar um 30 Tage (50 US-Dollar)

Laos: Visa on Arrival (30 Tage - 30 US-Dollar) oder e-Visa (30 Tage - 45 US-Dollar, noch neu, deshalb gilt das nur an wenigen Grenzübergängen), verlängerbar um 30 Tage (Kosten je nach Tagen).

Malaysia: visafrei (3 Monate - kostenlos)

Philippinen: Visa on Arrival (30 Tage - kostenlos), verlängerbar um 29 Tage (ca. 50 Euro)

Singapur: visafrei (90 Tage - kostenlos)

Thailand: visafrei 30 Tage - kostenlos oder Touristenvisum vorab (60 Tage - 30 Euro); beide verlängerbar um 30 Tage für ca. 60 Euro.

Vietnam: visafrei - 15 Tage kostenlos oder e-Visa (30 Tage - 25 US Dollar) bis 90 Tage - 50 US Dollar). Hier empfiehlt sich besonders das E-Visa, da das Land so viel zu bieten hat und das Beantragen im Land selber deutlich teurer und langsamer ist.

ASIEN:

Japan: visafrei (90 Tage, kostenlos)

Nepal: Visa on Arrival - 30 Tage - 40 US-Dollar

Indien: e-Tourist online beantragen (6 Monate, ca. 84 US-Dollar), verlängerbar

Sri Lanka: Electronic Travel Authorization online (30 Tage - 35 US-Dollar oder Visa on Arrival (30 Tage - 40 US-Dollar) beide um zwei Monate verlängerbar.

China/ Taiwan: China vorab (ca. 125 Euro), Visa-Agentur empfehlenswert - visumfreie Einreise nach Hong Kong, Macau & Taiwan

AUSTRALIEN:
Online vorab beantragen (3 Monate kostenlos)

NEUSEELAND
Visafrei mit eTA (3 Monate - 12 NZ-Dollar, zusätzlich Touristenabgabe 35 NZ-Dollar

Nordamerika:

KANADA:
Visafrei mit eTA, vorab beantragen (bis 6 Monate, 7 Dollar, 5 Jahre gültig)

USA:
Visafrei mit ESTA (90 Tage -14 US-Dollar - 2 Jahre gültig)

MEXIKO:
Visa on Arrival - 6 Monate - kostenlos

MITTELAMERIKA:

Belize: visafrei - 30 Tage, kostenlos, Ausreisegebühr: 19 USD (Land), 37,50 USD (Flug), verlängerbar um 6 Monate (ca. 50 US-Dollar je Monat)

Einreise von Guatemala bis Nicaragua - visafrei - 90 Tage Zeit

Guatemala: visafrei (90 Tage, kostenlos)

El Salvador: visafrei (90 Tage, kostenlos)

Honduras: visafrei (90 Tage, kostenlos), Einreisegebühr (ca. 3 US-Dollar)

Nicaragua: visafrei (90 Tage, kostenlos), Touristenkarten 10 USD, Ein/Ausreise 2$

Costa Rica: visafrei (90 Tage, kostenlos), Ausreisegebühr: im Flugticket enthalten, über Land (7 US-Dollar)

Panama: visafrei - 180 Tage, kostenlos

SÜDAMERIKA:

Visafrei bis 90 Tage - kostenlos: Argentinien, Bolivien, Brasilien, Chile, Kolumbien, Paraguay, Uruguay, Venezuela, Ecuador, Peru (6 Monate) Kolumbien kostenlos 90 Tage mehr online einreichbar.

AFRIKA:

Südafrika Visafrei (90 Tage - kostenlos)

Namibia (90 Tage kostenlos)

Tansania (E-Visa 80 Euro, 90 Tage gültig)

Botsuana und Simbabwe (30 US Dollar Eintritt, 30 Tage gültig)

Flüge

Diesen Punkt sollte man viel mehr Aufmerksamkeit schenken, wenn man ein besonders knappes Budget hat oder in verschiedenen Regionen rund um den Globus unterwegs sein möchte. Wer hier die Suchmaschine clever nutzt, flexibel in der Buchung ist, ein bisschen mehr Zeit mitbringt und bereit ist, zu unschönen Zeiten zu fliegen, kann hier enorm viel Geld sparen und dadurch bedeutend länger unter den Palmen liegen.

Nach rund 20 Flügen gibt es für mich letztlich nur noch eine Flugsuchmaschine die ich benutze. Skyscanner bietet die beste Übersicht, die besten Möglichkeiten für die Suche und die billigsten Preise. Der größte Vorteil der Suche ist es, wenn man flexibel ist.

Man kann sich die billigsten Preise einer Flugverbindung innerhalb eines ganzen Monats anzeigen lassen.

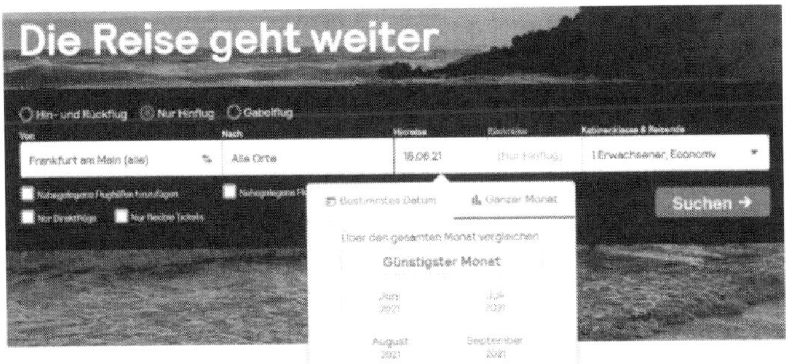

- Hier sieht man den Reiter für „Ganzer Monat“

- Man könnte zum Beispiel auswählen von Frankfurt am Main nach „Alle Orte“ im Monat Juli. Jetzt würden der Reihe nach die billigsten bis teuersten Flüge in die jeweiligen Länder angezeigt werden. Es kann manchmal durchaus Sinn machen, sich so sein nächstes Reiseland auszusuchen.

Großbritannien	ab 12 €
Irland	ab 12 €
Italien	ab 13 €
Lettland	ab 13 €
Bosnien und Herzegowina	ab 15 €
Litauen	ab 15 €
Ukraine	ab 15 €
Deutschland	ab 17 €
Spanien	ab 18 €
Kroatien	ab 19 €

Man wundert sich öfter wie billig einige Verbindungen sein können. So hat sich für mich beispielsweise Panama ergeben. Von Costa Rica aus hätte der Flug nach Kolumbien 150 Euro gekostet. Von Panama wiederum lediglich 50 Euro, also habe ich beschlossen mit dem Bus kostengünstig über die Grenze zu fahren. Es lohnt sich also durchaus seine Reise nach Flügen auszurichten.

Wenn man aber einfach eine ganz normale Verbindung sucht und man in den Tagen etwas flexibel ist, würde die Suche wie folgt aussehen. Eingegeben habe ich von Frankfurt nach Mexiko City im Monat Juli.

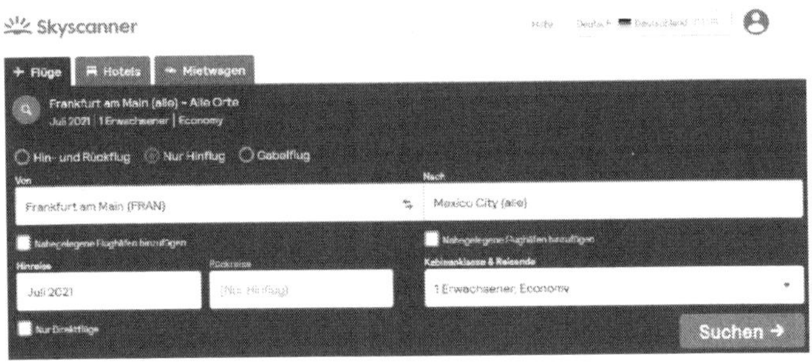

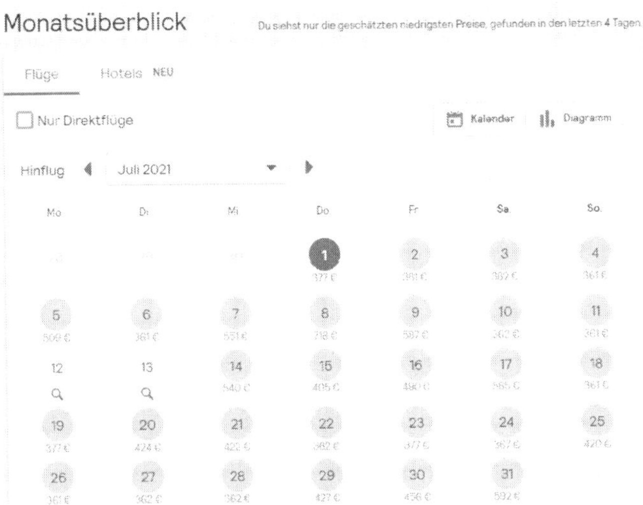

Weitere Tipps:

Wenn man beispielsweise die Verbindung von Hamburg zum JFK Airport in New York City sucht, kann es sein, dass die meisten Flüge eine Zwischenlandung und einen Umstieg beinhalten. Oftmals werden hier bei vielen Flugverbindungen dieselben Länder für einen Umstieg angeflogen. Wie in diesem Fall von NYC der Flughafen Paris-Charles de Gaulle. Jetzt ist es in einigen Fällen so, dass man sehr viel Geld sparen kann, wenn man lediglich einen einzelnen Flug von Hamburg nach Paris kauft. Falls einen das Land gefällt, könnte man ja auch einfach entscheiden, ein paar Tage dort zu verbringen und anschließend einen einzelnen Flug vom Flughafen Paris-Charles de Gaulle nach New York buchen. Rückflug Tickets aber nicht vergessen. Diese kann man sich online auf Onwoardticket für 48 Stunden leihen gegen einer Gebühr von 10 Euro. Später aber mehr dazu.

In einigen Fällen konnte ich durch diese Methode einen richtig guten Deal finden. Auch direkt nach Gabelflügen zu suchen kann Sinn machen. Auch hier heißt es, Zeit mitbringen, verschiedene Verbindungen ausprobieren und manchmal einen Glückstreffer landen.

- Zudem sollte man immer die großen internationalen Flughäfen anfliegen bei Langstreckenflügen und gegebenenfalls einen weiteren Flug von da aus dazu buchen. Im Raum Asien inklusive Australien und Neuseeland wären das: Kuala Lumpur, Singapur, Bangkok oder Jakarta/ Bali.

- Inlandsflüge: Sucht nach den Billig Airlines des Landes und sucht über die eigene Website der Billigflug Airline.

- Die billigsten Flüge findest du meist innerhalb der Woche.

- Langstreckenflüge rechtzeitig buchen

- Flexibel im Abflug sein

- Zeit und Unbequemlichkeit in Kauf nehmen.

- Große und billige Flughäfen in Europa findest du zB in: Paris, Madrid, Amsterdam, London, Mailand, Barcelona, Frankfurt, Hamburg, München.

Work and Travel - Unterwegs Geld verdienen

Es gibt so viele Möglichkeiten Geld zu verdienen auf Reisen. Du musst dich quasi nur entscheiden, was du zuerst einmal ausprobieren möchtest.

Angefangen mit dem ortsunabhängigen Geld verdienen. Die wohl nachhaltigste Version von allen. Eine ganze Bewegung namens „digitale Nomaden" ist dadurch mittlerweile entstanden. Bewaffnet mit Laptops, Sonnenbrillen und Backpacks machen sie die Welt zu ihrem Büro und arbeiten von überall und nirgendwo. Das sind Menschen die von überall aus der Welt arbeiten können, vorausgesetzt sie haben eine gute Internet Verbindung. Typischerweise wäre das z.B ein Reiseblog oder über Werbepartnerschaften durch Instagram und Youtube. Es ist erstaunlich womit man überall Geld verdienen kann mittlerweile. Die nachfolgende Liste zeigt dir einige Ideen auf:

- Online Marketing Manager
- Reise Fotograf/ Videograf
- Online Sprachlehrer
- Softwareentwickler

- Webseiten bauen
- SEO-Spezialist
- Blogger
- Grafik Designer
- Korrekturleser
- Editor
- Textor/ Autor
- Data Analyst
- Online Shop
- Virtuel Assitent
- Couching

Weitere Arbeiten um Geld zu verdienen:
Social Media Arbeiten für Unternehmen, oder als Freiberufler über die Firma Appen (Englisch). Dort kannst du dich einfach bewerben und einzelne Projektarbeiten an deinem Laptop flexibel abarbeiten. Beispielsweise nur täglich 1-2 Stunden - 5 Tage die Woche und bekommst durchschnittlich 15 Dollar pro Stunde dafür.

Nahe immerzu hat man aber auch unterwegs die Möglichkeit seine Reisekasse zu entlasten, indem man ein paar Stunden am Tag für einen kostenlosen Schlafplatz und Essen arbeitet. Zum Beispiel an der Hostel Rezeption oder als Barkeeper. An diese Art von Jobs kommt man ganz einfach Vorort. Manchmal hängen dazu

Infos in den Hostels oder man fragt einfach direkt nach.

Zusätzlich lohnt es sich Plattformen wie Workaway dafür zu benutzen. Für eine Jahresgebühr von nur 39 Euro können über 1000 Hosts in über 170 Ländern kontaktiert werden. Workaway hat dabei festgelegt, dass der Arbeitsumfang bei 4-5 Stunden am Tag bei 5 Tagen die Woche liegen soll. Dort finden sich Projekte aus verschiedensten Bereichen z.B. bei Hostels, auf Farmen oder bei kleineren lokalen Organisationen. Auch kleinere Jobs als Englisch Lehrer, Gärtner oder Babysitter findet man dort.

Kosten Work and Travel Visum

Die bekannteste Variante ist allerdings das Work and Travel Visum. Hier bieten sich die folgenden Länder an.

Neuseeland:
Möglich im Alter von 18 – 30 Jahren.
Kosten: 160 Euro

Australien:
Möglich im Alter von 18 - 30 Jahren
Kosten: 300 Euro

Kanada:
Möglich im Alter von 18 – 35 Jahren
Kosten: 230 Euro

Um besser an Arbeit zu kommen, ist es allgemein bekannt, dass man seinen Lebenslauf ein bisschen schöner macht, als er es vielleicht ist und der betreffenden Stelle etwas anpasst.

Steuern müssen natürlich auch in den Work and Travel Ländern gezahlt werden:

Australien:
Wenn du in Australien arbeitest, muss dein Arbeitgeber Steuern für dich zahlen. Dazu benötigt er deine Steuernummer. Diese Taxfile-Number (TFN) ist online bei der Australischen Regierung beantragbar und wird per Post bzw. per E-Mail an dich versandt. Dies dauert etwa sieben Tage. Diese Beantragung ist kostenlos. Du benötigst dafür einen Internetanschluss, eine australische Postadresse, eine australische Handynummer sowie deinen Reisepass. Während des Vorganges wird dir deine Application Number angezeigt, welche du dir notieren solltest, da du diese bereits bei deinem

Arbeitgeber angeben kannst, bis du deine TFN bekommst. Beachte, dass du mit der Application Number viel mehr Steuern zahlst als mit der richtigen Steuernummer.

Die Steuern werden pauschal von deinem Arbeitsentgelt abgezogen. Da du nicht das gesamte Steuerjahr arbeitest, kannst du dir über eine Steuererklärung zu viel gezahlte Beträge zurückzahlen lassen. Am einfachsten ist es, dies kurz vor deinem Rückflug zu erledigen. Eine Steuererklärung als Work and Traveller in Australien zu erstellen, dauert weniger als eine Stunde. Im Taxation Office, welches es in den großen Städten mit internationalen Flughäfen jeweils gibt, erhältst du die notwendigen Formulare und Erläuterungen.

Es besteht aber auch die Möglichkeit, diesen Antrag von Deutschland aus nachzureichen, wenn du mehr Zeit und wieder einen freien Kopf für finanzielle Dinge hast. Allerdings kannst du so nicht mehr die Mitarbeiter des Taxation Office befragen, ob dein Antrag vollständig ist und es kann zu Verzögerungen kommen. Die Bearbeitung deines Antrages dauert ungefähr sechs Wochen. Der Betrag wird dir als Verrechnungsscheck zugesendet, welchen du bei deiner Bank eingelöst. Nach circa zwei Monaten ist das komplette Prozedere abgeschlossen.

Bankkonto in Australien

Für Work and Travel benötigst du ein australisches Bankkonto, da die meisten Arbeitgeber die Löhne nur bargeldlos auszahlen. Die drei größten Banken sind: National Australia Bank, Commonwealth Bank und Westpac. Die Westpac ermöglicht sogar eine Kontoeröffnung im Vorfeld aus Deutschland. Ein Konto zu eröffnen ist einfach und Vorort in den Filialen auch einfach möglich. Du benötigst deinen Reisepass und eine australische Adresse. Teilweise kannst du auch die Adresse deiner Bankfiliale angeben, dann kann nichts verloren gehen. Manche Banken bieten gebührenfreie Kontoführung an.

Kosten Kalkulation

Oben stehen die durchschnittlichen Preise pro Tag in den jeweiligen Regionen. Rechnet in eurer Kalkulation ruhig mit dem oberen Ende x die Anzahl der Monate in der jeweilig verschiedenen Regionen. Es macht mehr Spaß weniger auszugeben, als anders herum. Rechenbeispiel: Länder Aufenthalt:

5 Monate Mittelamerika: 150 Tage x 30 Euro pro Tag = 4500 Euro.

5 Monate Südostasien: 150 Tage x 25 pro Tag = 3750 Euro.

2 Monate Australien: 60 Tage x 55 pro Tag = 3300 Euro.

Reisekosten insgesamt: 11. 500 Euro

Hinzu kommen voraussichtlich Flugkosten in Höhe von:

Deutschland nach Mittelamerika: 450 Euro
Mittelamerika nach Asien: 700 Euro
Raum Asien Flüge: 450 Euro
Asien - Australien: 250 Euro
Australien - Deutschland: 700 Euro

Flugkosten insgesamt: 2500 Euro

Hinzu kommen die Kosten für:

- 1 Jahr Reiseversicherung ab 360 Euro
- Bei Bedarf 1x Work and Holiday Visum Australien (350 Euro) - Neuseeland (200 Euro)
- Visa Kosten: 150 Euro
- Flugverbindungen Preise extrem schwankend je nach Region und Häufigkeit mehr einplanen. In Asien/ Europa/ USA ist fliegen billig. Südamerika/ Inseln werden teurer.
- Rucksack, Ausrüstung: Basic ohne Technik 350 Euro

Zusammen ergeben sich hochgerechnet in diesem konkreten sehr ausgedehnten Beispiel in 3 Regionen mit relativ vielen Flügen und 2 Monaten im teuren Australien:

Weltreise Kosten von <u>15.000 Euro</u>

In Asien ist eine Weltreise aber bedenkenlos mit 5000 Euro Startkapital möglich und auch ein Jahr bereits mit 10 000 Euro umsetzbar.

Beispiel Asien:

365 Tage x 25 Euro am Tag = 9100 Euro

Flugkosten:
Deutschland - Asien: 400 Euro
Raum Asien: 650 Euro
Asien – Deutschland: 400 Euro
Visa Kosten: 150 Euro
Versicherung + Ausrüstung: 700 Euro

Insgesamt: 11.400 Euro (eher billiger)

Je nach Budget kann man also schon mal überlegen auf welchem Kontinent man seine Zeit verbringen möchte. Diese Kosten beinhalten keinen einzigen Tag Arbeit und umfassen ein durchschnittliches bis leicht überdurchschnittliches Leben als Backpacker. Straßenfood, zwischendurch Restaurants, lokale Transportmittel, allerlei Aktivitäten, Party, Cafes, überwiegend Hostels und zwischendurch auch mal ein Privatzimmer usw.

Detaillierte Reiseroute Mittelamerika

Der Reiserouten Reihenfolge nach liste ich wie folgt verschiedene Orte auf die besonders sehenswert sind. Falls ich etwas in Klammern gesetzt habe, ist damit ein Hostel gemeint, das besonders heraussticht und definitiv der beste Schlafplatz Vorort ist, eben DAS Hostel to go. Wenn ich nichts in Klammern gesetzt habe, bedeutet es, dass es viele gute Hostels an diesem Ort gibt.

Mexiko: Cancun (nur wegen Airport), Tulum, Bacalar, Holbox (Tribu Hostel), Valladolid, Campeche, Palenque, San Cristobal (Puerta Vieja Hostel), Puerto Escondido (Buena Onda Hostel nur Offline vor Ort), San Jose del Pacifico (La Cumbre), Oaxaca (Casa Angel), Mexiko City, Sayulita (La Redonda).

Guatemala: Flores, Semuc Champey, Lake Atitlan - San Marcos/ Santa Cruz (Free Cerveza Hostel), Antigua - Vulcano Fugeo Hike mit zelten, El Paredon Beach (Mellow Hostel)

El Salvador: Santa Ana/ Vulcano Hike, Lake Coatepeque (Hostel Captain Morgan), El Tunco /Stein Beach aber viele Backpacker, El Cuco (Tortuga Verde) – langer Sandstrand/ erholungs Resort Hostel

Honduras: Amapala, Cusuco National Park, Roatan Insel tauchen - Tauchschein

Nicaragua: Leon (Poco a Poco Hostel), Las Penidas, Granada (Treehouse Hostel und Oasis), San Juan del Sur (Hola Ola Hostel), Popoyo Beach, Ometepe Island, Corn Island

Costa Rica: San Jose Ankunft (Finca Escalente), La Fortuna (La Choza Inn), Monteverde, Montezuma (Liminosa Hostel), Santa Teresa, Tamarindo, Manuel Antonio (Tagestrip Uvita), Drake Bay, Corcovado Park, Puerto Viejo (Pagalu Hostel), Tortuguero Park

Panama: Bocas del Toro Insel (Bambuda Lodge), Boquete (Bambuda Castle), Santa Catalina - Coîba National Park, Panama City (Selina Casco Viejo), Panama Kanal, Parque Metropolitano, San Blas Islands

Reise Typ und Reise Tempo

Sicher einer der am meist unterschätztesten Punkte. Es ist ratsam sich nicht im Vorfeld bei der Planung die genaue Anzahl an Ländern raus zu suchen in die man verreisen möchte. Lediglich eine Liste mit Ländern von Interesse. Man sollte dabei aufpassen, sich nicht zu sehr im Vorfeld auf die Länder zu versteifen. Auch macht es wenig Sinn zeitlich einen festen Rahmen zu stecken, wie lange man in einen oder mehreren Ländern bleiben möchte. Bereits im Ankunftsland kann es nämlich passieren, dass man den gesamten Plan über Bord wirft, wenn einen Land und Leute viel besser gefallen als gedacht oder das genaue Gegenteil davon eintritt.

Reisen ist Freiheit pur, eine zu genau geplanter Zeitrahmen tut keiner Reise einen Gefallen. Hinterher ärgert man sich nur. Das gilt auch, wenn man nur eine bestimmte Zeit (beispielsweise nur 3-4 Monate) für so eine Reise zur Verfügung hat. Plant den Anfang und habt ein paar Ideen im Hinterkopf wie es weitergehen könnte, der Rest wird sich dann von ganz alleine ergeben.

Daher gilt: Plane genug Zeit ein oder besser, nehme dir die Zeit. Es kommt nicht darauf an wie viele Länder du bereist, sondern wie es sich anfühlt. Über Monate hinweg reisen die meisten Backpacker immer langsamer und nehmen dadurch das Land erst so richtig intensiv wahr. Richte dich nach deinen Gefühlen, nicht nach einer Liste oder ein paar Stecknadeln, die du später setzen kannst. Ich wünschte ich hätte diesen Rat vor meiner ersten Reise mehr Beachtung geschenkt.

Manchmal kann es auch sein, dass man sich in dem neuen Land nicht auf Anhieb wohlfühlt. Das kann zum einen mit den sogenannten Kulturschock zusammenhängen, häufig kann es aber auch sein, dass man das Erlebte der vergangenen Wochen noch nicht schnell genug verarbeiten konnte. Der Körper ist zwar in dem neuen Land, der Geist hängt allerdings noch im letzten Land fest. Gebe dir eine Weile Zeit dich auf das neue Land einzulassen. Bei mir hat der Umbruch von Mittelamerika nach Asien eine ganze Weile auf sich warten lassen.

Reisezeiten

Generell würde ich eine Reise oder besser einen Kontinent nicht auslassen, aufgrund einer vorherrschenden Regenzeit. Nur falls es für den Start keinen Unterschied macht, sei die Regenzeit dennoch mal zu erwähnen. Es gibt nämlich nur zwei verschiedene Jahreszeiten auf dieser Seite der Erde. Warm ist es das ganze Jahr über, dafür gibt es über Monate hinweg eine Regenzeit. Die Regenzeit ist in Asien deutlich stärker, als wir es von der Heimat gewohnt sind. In Mittelamerika redet man eher von einzelnen Schauern am Tag. In den meisten Monaten stellt dies eher kein Problem da. Dazu aber besser vorab im jeweiligen Land den Monat mit den höchsten Niederschlagsraten raussuchen und am besten vermeiden.

Regenzeit in Asien:
November bis März

Regenzeit in Mittel und Südamerika:
Mai bis November

Beste Orte für Remote Arbeiten

Die Bewegung der digitalen Nomaden wird immer bekannter und so befinden sich einige nicht nur für ein bestimmtes Zeitfenster auf reisen, sondern gestalten ihr gesamtes Leben danach. Nur welche Orte auf dieser Welt eignen sich eigentlich perfekt um dort einige Monate zu leben und zu arbeiten?

Auf meinen Reisen um die Welt habe ich drei Orte gefunden, die sich für mich besonders gut eignen, auf die ich einmal genauer eingehen möchte. Generell empfiehlt es sich aber bei der Suche geeigneter Orte selber im Internet vorbei zu schauen auf der Seite:

World cost of living, um einen Überblick zu bekommen, wie viel Geld man pro Monat in den jeweiligen Ländern durchschnittlich zum Leben braucht. Bei der Liste empfiehlt es sich mindestens +50% dazu zu rechnen, für einen höheren europäischen Lebensstandard.

Als zweite Website empfiehlt sich:

Digital Nomad List, um einen Gesamtüberblick zu bekommen. Hier werden Punkte in einer Skala vergeben, die einen schnell dabei helfen die Dinge, die einem wichtig sind einordnen zu können. Dazu zählen z.B. Sicherheit, Internetverbindung, Kosten, Temperatur, Luftfeuchtigkeit, Verkehr, Happiness, Gesundheitssystem, Nachtleben, Englisch Kenntnisse der Einwohner, Freundlichkeit usw.

Meine Top 3:

- Canggu, Bali (Platz 3 bei digital Nomad)

- Medellin, Kolumbien (Platz 27)

- Puerto Escondido, Mexiko (Platz 23)

Durchschnittliche Ausgaben zum Leben in diesen Ländern +50% für higher Standard:

Indonesien: 715 Euro

Kolumbien: 750 Euro

Mexiko: 890 Euro

Bali ist der perfekte Ort, denn es ist sehr warm, tropisch schön, super sicher, viele Menschen reden Englisch, es ist billig und gängig mit dem eigenen Roller durch die Gegend zu fahren, was die Fortbewegung hier sehr angenehm macht, zudem ist das Essen umfangreich, lecker und sehr gesund. In Canggu hat man den Strand vor der Haustür und wahnsinnig viele Möglichkeiten Trips zu anderen Orten oder Inseln von hier aus zu starten. Canggu stellt hier die perfekte Mitte aus schöner Natur, Reisfeldern und schicken Bars, Restaurants, Cafes und Clubs da. Auch zum Surfen ist dieser Ort ideal. Die Insel der Götter wie sie auch genannt wird, beherbergt die mit freundlichsten Menschen die ich je kennengelernt habe. Balinesen sind glückliche Menschen, tolle Atmosphäre.

Negativ: Es ist sehr warm, sehr überlaufen, es gibt eine lange Regensaison, viel stressiger und überfüllter Verkehr, indonesische Sprache erschwert einen die wahre Kultur näher kennen zu lernen.

Medellin ist eine einst gefürchtete Stadt in Kolumbien, ein Land, das von vielen unterschätzt wird und das, trotz seiner umwerfenden Schönheit. In Medellin herrscht das beste Klima auf der Welt. Die Stadt liegt auf 1500 Metern Höhe und hat das ganze Jahr über eine Temperatur von 24 Grad die +/- 2 Grad abweicht. Es scheint viel Sonne, Regen kommt plötzlich und verzieht sich schnell wieder, die Preise sind sehr billig, die Stadt ist in Mitten von wunderschönen Bergen, einzigartiger Look, hoher Lebensstandard in Laureles oder Poblado, perfekte Infrastruktur, mit die schönsten Frauen der Welt, offene und sehr interessante Kultur, Musik und Tanzkultur, Kolumbianer sind sehr nette Menschen, viel Party, Cafes, Restaurants und Clubs, Parks, langsames Spanisch und ein hohes Interesse an Europäern, es gibt viele digitale Nomaden, viele Tagestrips von Medellin aus möglich, beeindruckende Kultur zum entdecken, sowie billig Airlines zum verreisen, nur reifere und interessante Reisende oder Ausländer.

Negativ: Es herrscht viel Armut und Kriminalität, man muss auf seiner Sicherheit oder Wertsachen immer besonders aufpassen, selbst in den sicheren Gegenden. Es gibt kein Meerzugang in Medellin. Das Essen ist fleischlastiger. Menschen sprechen sehr wenig Englisch, besonders außerhalb von Poblado (Poblado fancy und teuer, Laureles billiger und authentischer).

Puerto Escondido ist eine kleine Beachtown an der pazifischen Seite von Mexiko. Die Vibes ähneln sehr Tulum, nur sind hier keine normalen Touristen, nur Backpacker und digitale Nomaden, was einen besonderen Vibe und erschwingliche Preise zur Folge hat. Langer Sandstrand, kein Massentourismus, heiße Temperaturen, Sonne garantiert, Pool und Meer, viele fancy Bars, Cafes, Restaurants und Clubs, schöne und glückliche Menschen, traumhafte Sonnenuntergänge, Volleyball jeden Tag, Surfer Paradies und eine hohe Lebensqualität. Motorrad oder Roller ausleihbar, schicke und bezahlbare Apartments nette Mexikaner, langsames Spanisch, Englisch kann eigentlich jeder.

Negativ: Je nach Jahreszeit sehr heiß, hohe Luftfeuchtigkeit die einen besonders träge in der Mittagshitze macht. Elektronik Szene nicht besonders gut. Sehr überschaubarer Ort, man kann keinen aus dem Weg gehen, schwierig für längerfristige Beziehung, da wenige Leute dauerhaft dort leben, sehr viel Party, teilweise schlechtes Internet.

Weitere Plätze auf der Welt die ich empfehlen würde: Sayulita, Mexiko/ Santa Teresa, Costa Rica.

Vorbereitung

Finanzierung

Wie finanziere ich mir eine Weltreise? Eine der häufigsten Fragen die mir je zu dem Thema gestellt wurde. Zuerst einmal sei gesagt, eine Weltreise ist nicht teuer. Zumindest muss sie nicht teuer sein und man hat jederzeit die Möglichkeit für sein Geld oder auch nur für Unterkunft und Essen unterwegs zu arbeiten. Ich gebe mir die größte Mühe es einmal so charmant wie möglich auszudrücken. Wenn man etwas will und aufhört nur von seinen Traum zu träumen, ist es für jeden möglich!

Es kommt nicht direkt darauf an wie viel Geld du verdienst, sondern wie viel du davon sparen kannst. Wer das Ziel hat auf Weltreise zu gehen, sollte seine Sparquote stark erhöhen, so stark, dass es am Anfang schwer erscheint, diese halten zu können. Am Monats 1. sollte von dem Gehalt sofort ein bestimmter Betrag auf ein separates Sparkonto gehen. Falls man zusätzlich mal an Geld kommt, durch Geschenke, würde ich empfehlen den nicht eingeplanten Teil zu 100% zu sparen.

Um seine Ausgaben erst einmal vollständig zu überblicken und damit auch an den richtigen Stellen ansetzen zu können, sollte man zumindest einmal zwei Wochen lang ein Haushaltstagebuch führen.

Wofür gibst du am meisten Geld aus? Brötchen beim Bäcker, Restaurant Besuche, Konsolen Spiele, Klamotten, Schuhe, neue Möbel, Deko, Sprit, teure Abonnement Verträge? Drehe alles bis ins kleinste Detail um und frage dich jedes mal bei einer neuen Anschaffung oder bereits abgeschlossenen Verträgen und Versicherungen, ob du sie wirklich brauchst. Überlege dir bei jeder Ausgabe, wie lange du dafür arbeiten musst und ob es das wert ist.

Früher habe ich immer alles in den Preisen eines Döners aufgewogen. Heute mache ich das mit einem Tag im Vietnam. Mein Durchschnitt in 31 Tagen kaiserlichen Lebens mit einem völlig erfüllenden Lebensstil (eine Reise mit dem eigenen Motorrad 3000 km quer durch das Land) lag bei 17 Euro am Tag. Frage dich beim nächsten Restaurantbesuch also, ob es einen unvergesslichen Tag im Paradies wert ist. Weitere Preise: 1,5 Euro für ein unglaublich leckeres frisch zubereitetes Essen in Indonesien. Vier Euro pro Übernachtung im Hostel ink. Pancakes und Smoothie am Morgen im Vietnam. Ein Euro pro Stunde Busfahrt in El Salvador mit den Chicken Bussen. 2,6 Euro für Suppe, Limonade und Mittagsmenü in Kolumbien, 58 Euro für den besten Tag meines Lebens in Guatemala. Eine zwei tägige geführte Vulkan Wanderung, Übernachtung im Zelt, welches bereits auf der Spitze stand, inklusive Verpflegung und warmen Kakao am Lagerfeuer, verleihen von Rucksack, Winterjacke, Mütze, Handschuhen, Wanderstöcken und weitere Ausrüstung. Egal wie hart es sich anfühlt kurzfristig zu verzichten, eventuell öfter nein zu Freunden sagen zu müssen, es lohnt sich hundertfach!...

Du wirst Monate lang aus einem Rucksack leben. Spätestens wenn du wiederkommst, wirst du wie jeder Reisende erst einmal all dein Zeug aussortieren und loswerden wollen. Verkaufe also all die Dinge und Klamotten die überflüssig geworden sind bereits im Vorfeld um deine Reisekasse aufzubessern. In den Ebay Kleinanzeigen oder im Kleiderkreisel bekommt man teilweise noch sehr gutes Geld für seine Sachen. Jeder Euro zählt.

Falls man noch nicht in das Vergnügen gekommen ist, ein festes Gehalt zu beziehen oder es einfach nicht ausreicht, ist eine der besten Möglichkeiten natürlich ein Nebenjob am Wochenende oder online Arbeiten wie z.B einzelne Projektarbeiten bei der Firma Appen.

Eine weitere Idee wäre auch Reselling (Billiger Sachen einkaufen, teurer weiter verkaufen) auf der Plattform Ebay Kleinanzeigen. Mittlerweile gibt es dazu eine recht große Reseller Gemeinde auf Social Media und Youtube mit spannenden Tipps. Ich habe mir so über 1 Jahr lang monatlich 300 Euro zusätzlich ersparen können. Eine Freundin von mir die zu dem Zeitpunkt noch in ihrer Ausbildung war, konnte sich dadurch sogar noch deutlich mehr für ihre Australien Reise zusammen sparen. Ansonsten frage vielleicht auch die regionalen Zeitungen bei dir, ob du etwas Geld für eine Berichtsreihe bekommst, falls du gerne schreiben magst. Die meisten Zeitungen sind an diesen Storys äußerst interessiert.

Fakt ist, wenn du es willst, bekommst du mit Leichtigkeit innerhalb von 1 - 2 Jahren 10 000 Euro zusammen. 24 Monate x 450 Euro Nebenjob = 10.800 Euro. Lass es mir dir noch einmal freundlich sagen, wenn es dein Traum ist, dann tu was auch immer dafür nötig ist. Du packst das und es wird sich so unglaublich auszahlen!

Wichtige Tipps

Tipp 1.
Habe keine Erwartungen. Du wirst dich mit einigen Ländern sicher genauer auseinandersetzen, Blogs lesen, Youtube Videos schauen oder Bilder auf Instagram dazu ansehen. Mach das ruhig aber versuche bewusst keine genaue Erwartungshaltung anzunehmen. Ich kenne viele Menschen die im ersten Moment ziemlich enttäuscht von Bali sind, weil die Erwartungen eben nicht unbedingt überall der Realität entsprechen. Ich habe Monate in Indonesien und Bali verbracht. Ich liebe dieses Land, die Leute und die Atmosphäre aber manchmal muss man sich auf gewisse Dinge erst einmal einlassen.

Tipp 2: Nicht unbedingt notwendig aber man sollte vielleicht nicht zum Beginn der Regenzeit anreisen. Die meisten Länder kennen nur den Sommer und halten das ganze Jahr über warme Temperaturen. Dadurch das es keinen Winter gibt, kann man die Regenzeiten schon einmal glatt vergessen.

Tipp 3: Lass dir von niemanden rein raten wohin du reisen solltest. Du brauchst keine Bestätigung von anderen, es ist deine Reise. Ja Australien ist mega aber für viele Menschen gibt es eben nur Australien oder Neuseeland. Auch Vorurteile durch Medien sind allgegenwärtig sehr verbreitet. Mach dir mit deinen eigenen Augen ein Bild von der Welt. Sie ist besser, als es im Fernsehen scheint.

Tipp 4.
Nehme unbedingt ein Schloss mit oder einen Pacsafe für teure Wertsachen. Die meisten Hostels besitzen mittlerweile sogar Schließfächer um wichtige Wertsachen einzuschließen. Ansonsten kann man den Rucksack aber auch beruhigt zurücklassen und die beiden Reißverschlüsse an der Rucksacktasche mit einem Schloss verschließen. Unter Reisenden klaut aber niemand, also keine Panik.

Tipp 5.
Schaue nach welche Verträge du noch laufen hast. Wann genau laufen sie aus und wie lang sind die jeweiligen Kündigungsfristen? Falls du jedoch planst deinen Wohnsitz abzumelden, habe ich eine gute Nachricht für

dich. Du besitzt ein Sonderkündigungsrecht und bist nicht an irgendwelchen Fristen gebunden. Besonders wichtig ist hier die Überlegung, ob es Sinn macht den Wohnsitz abzumelden. Da man ansonsten als ehemaliger Arbeiter zum Mindestbetrag der gesetzlichen Krankenkasse verpflichtet ist (monatlich 180 Euro).

Reisetipps von Bloggern:

- Weniger Planen: So schön es auch ist zu wissen was einen erwartet und somit das innerliche Gefühl nach Sicherheit zu befriedigen. Meist bleiben einen die unverplanten Momente besonders im Gedächnis. Erst die Menschen die man unterwegs trifft und die spontanen Dinge, die man gemeinsam unternimmt bleiben einen auf so einer Reise besonders in Erinnerung. Daher gilt, schau wie es sich vor Ort anfühlt und welche Leute du triffst und entscheide dann, was du die nächsten Tage machst. Informieren? Ja! Die Reise durchplanen? Nein! Wer sich einfach mal treiben lässt und auch mal zulässt sich zu verlaufen, erspart sich oftmals auch Stress. Nichts ist da was man unbedingt noch sehen „muss".

- Einfach mal in den Tag leben und heute nicht wissen, wohin es dich morgen verschlägt. Jeden Tag erleben und spontan entscheiden zu können, worauf du Lust hast, ist eine besondere Art zu Leben. Probiere es mal aus! Fakt ist, wer sich spontan ins Abenteuer stürzt, setzt sich bewusst Unsicherheiten und Planlosigkeit aus, dafür folgt man einfach den Dingen, die einen am meisten Spaß bringen. Auf dieser Weise lernst du in Windeseile gute Freunde kennen und erlebst Land und Kultur auf eine intensivere Art und Weise. Nach einer Weile lernt man darauf zu vertrauen, dass es am nächsten Tag schon irgendwie weiter geht. Ich reise so nun seit einem halben Jahr und jeder Tag fügt sich wie ein Puzzlestück ineinander.

- Spontan Reisen ist wie eine Schule fürs Leben aber auch sicher nicht für jeden gemacht. Probiere es mit einem Mindestmaß an Planung welche dein Sicherheitsgefühl so eben stillt.

- Immer Bargeld dabei haben: Das gilt besonders in unsicheren Ländern. 20 bis 30 Euro sollte man immer dabei haben, damit es sich auch lohnt dicht auszurauben und dann ganz schnell wieder zu verschwinden. Nichts ist gefährlicher als einen Räuber möglicherweise ohne Sprachkenntnisse glaubhaft zu machen, das du als Tourist kein Geld dabei hast.

- Höre nicht auf deine Füße. Deine Füße können dich weiter tragen, als der erste Schmerz nach ein paar Kilometern dir zu sagen versucht.

- Akzeptiere: Das es tausende Wege gibt ein Leben zu führen und vieles sehr stark von der Gesellschaft abweicht, aus der wir stammen. Weniger aufregen und einfach akzeptieren, dass manche Dinge in anderen Ländern einfach anders laufen schont viele Nerven.

- Wartezeit: Es wird immer mal wieder Stunden geben in denen die Langeweile eine Qual ist wie beispielsweise auf den vielen Busfahrten. Aber hey, nutze die Zeit. Ohne Ablenkungen durch das Internet oder Netflix Filmen schweifen die Gedanken nur so umher und die erfährst vielleicht dadurch erst richtig, wer du bist und gewinnst neue wichtige Erkenntnisse. Entspannt und ziellos kann man über vergangenes und zukünftiges Klarheit gewinnen.

Weitere Tipps:

- Notizbuch: Schreibe alle paar Tage in Stichworten deine Erlebnisse auf.

- Kauf dir eine Prepaid Sim Karte vorort

- Keine Angst vorm Handeln

- Sei nicht naiv unterwegs aber auch nicht paranoid

- Lerne die wichtigsten Sätze in einer anderen Sprache

- Nimm mehr als eine Reise Kreditkarte mit

- Informiere dich über die Visa Einreise Bestimmungen

- Regenzeit heißt nicht dass es 24 Stunden regnet und bietet oftmals eine ideale Reisezeit mit niedrigeren Preisen.

- Vergleiche die Länder nicht miteinander. Jedes Land und jeder Ort ist auf seiner Weise besonders. Versuche ohne Erwartungen und offen an neue Länder und Orte heran zu gehen.

- Gehe auf andere Backpacker zu

- Bleib einfach mal länger an einem Ort, wenn er dir gut gefällt. Eine Woche, ein Monat oder auch ein Jahr?

- Heimweh oder schlechte Tage sind völlig normal. Sie kommen und gehen.

- Erkunde regionale Märkte

- Lauf öfter Barfuß

- Die besten Reisetipps gibt es von anderen Reisenden und Locals

- Wechselgeld immer nachzählen!

- Uber (Taxi App) Fahrten immer anschließend kontrollieren, wenn der Fahrer sich verfährt. Oft wird zu viel Geld abgezogen und man kann es in der App in nur einer Minute reklamieren.

- Die Uber App ermittelt Preise nach Angebot und Nachfrage. Bei starken Regen steigen daher immer die Preise. Wenn dir der Preis zu hoch erscheint, hilft es hier innerhalb von 2-5 Minuten die Fahrt immer wieder neu einzugeben. Innerhalb von nur zwei Minuten habe ich bei einer Airport Verbindung anstatt von erst angezeigten 24$ nur 17$ gezahlt.

- Versuche soviel wie möglich über Land zu reisen oder auch einfach mal selber zu fahren und einfach ein Auto/ Motorrad zu kaufen/ mieten

- Probiere einfach mal aus ohne Plan zu reisen (nur den Flug und eine Übernachtung planen)

- Langsames reisen bedeutet tieferes Reisen

- Eine vernünftige Tüte/ Sack mitnehmen für alte Wäsche. Die Plastikbeutel in denen man die Wäsche zurückbekommt halten nicht lange.

- Parfüm ist echter Luxus auf Reisen.
- Wäsche und Haare schneiden lassen in ärmeren Ländern und Pflege Produkte etc. vor der Abreise aufstocken.
- Packe möglichst wenig weiße oder Klamotten ein, welche sich nicht gut kombinieren lassen

- Plan mehr Geld ein als du brauchst

- Lächle mehr. Du bist gestresst oder genervt? Du glaubst garnicht was sich alles aus einem Lächeln ergeben kann
- Vergleiche andere Währung nicht mit der Deutschen. Versuche so schnell wie möglich in der lokalen Währung zu bleiben, ansonsten wirst du in billigen Ländern zu viel ausgeben. Beispielsweise würde man so ein 6 Euro Essen in Kolumbien mit billig betiteln, was aber für kolumbianische Verhältnisse bereits teuer ist. Also billig und teuer immer in der lokalen Währung kalkulieren.
- Benutze Onwordticket (statt Rückflug)

Dokumente

Zu den wichtigsten Dokumenten gehören: Reisepass, Personalausweis, internationaler Führerschein, Krankenversicherungsnachweis, Impfpass

Alle Dokumente solltest du am besten im Vorfeld einscannen als PDF und online in einer Cloud hinterlegen. Auch kann es Sinn machen beispielsweise die Krankenversicherung auch ausgedruckt mitzuführen.

Der Reisepass ist hierbei jedoch zusammen mit der Kreditkarte dein wichtigstes gut. Ohne die beiden Sachen, bist du aufgeschmissen. Schaue also zuerst einmal nach wie lange dein Reisepass noch gültig ist. Viele Länder lassen einen bereits nicht mehr rein, wenn der Reisepass unter 6 Monate nur noch gültig ist.

Den internationalen Führerschein kann man ganz einfach bei der Führerscheinstelle beantragt (Kosten ca. 20 Euro)

Reisepass gestohlen oder verloren?

Ein Alptraum, dein Reisepass ist weg. Du kannst ihn nirgendwo finden. Ganz egal, ob du ihn verloren hast oder er dir gestohlen wurde. Ohne Reisepass geht gar nichts auf Reisen, er ist dein Leben und wie Gollum es sagen würde, dein Schatz. Was also, wenn der Reisepass weg ist?

Neuer Reisepass
Als erstes musst du zur Polizei gehen, um ihn als gestohlen oder als verloren zu melden. Jetzt musst du in die nächste deutsche Botschaft oder Konsulat gehen, wo du einen neuen Reisepass beantragen kannst. Hierfür brauchst du die Anzeige, Passfotos, eine Kopie deines verlorenen Reisepasses und Geld. In der Botschaft füllst du ein paar Formulare aus, bezahlst die Gebühr für den neuen Pass und reichst alle Unterlagen zusammen ein. Nach ein paar Tagen kannst du deinen neuen Reisepass abholen. Höchstwahrscheinlich wird es ein vorläufiger Reisepass sein.

Was ist ein vorläufiger Pass?

Bist du in Deutschland mit einem festen Wohnsitz gemeldet, wird dir die Botschaft nur einen vorläufigen Reisepass ausstellen. Dieser ist nur kurze Zeit gültig und berechtigt dich nur zur direkten Rückreise nach Deutschland. Mit ihm kannst du nicht in andere Länder einreisen. Daheim kannst du dann einen vollwertigen neuen Reisepass beantragen.

Ohne Wohnsitz

Wenn du dich jedoch vor der Weltreise zu Hause abgemeldet hast oder einen Wohnsitz im Ausland hast, wird dir ein vollwertiger neuer Reisepass ausgestellt. Das Ganze dauert etwas länger als der vorläufige Reisepass, dafür musst du aber deine Weltreise nicht unterbrechen.

Wichtige Dokumente gescannt und in der Cloud gespeichert? Sehr hilfreich, falls man den Reisepass verlieren sollte.

Arzt – Impfungen

Fragt beim Hausarzt früh genug nach welche Impfungen für die Regionen in die ihr plant zu verreisen besonders empfehlenswert sind. Der Kontakt sollte schon ein paar Monate vor Beginn der Reise aufgenommen werden, da die meisten Impfungen nur in zeitlichen Abständen verabreicht werden können. Hepatitis A + B, Gelbfieber, Tetanus und neuerdings auch die Covid 19 Impfung gehören zu den Standards hier. Für eine Backpacking Reise durch die Welt für mich nach persönlich schlechter Erfahrung mit Covid 19 auch eine klare Empfehlung.

Sonstige Operationen oder gesundheitliche Mängel sollte man vorher beheben lassen. Ein Röntgenscan beim Zahnarzt verrät auch die ein oder andere böse Überraschung in den nächsten Monaten. Es gibt sogar einige Reisende, die sich vor einer langen Reise extra den Blinddarm entfernen lassen, um Risiken zu vermeiden.

Kreditkarte

Ohne Kreditkarte geht unterwegs nichts. Daher ist es in jedem Fall empfehlenswert sich zwei Karten zuzulegen. Im Idealfall sollte man jeweils eine Visa Karte und eine Mastercard Kreditkarte dabei haben. In den meisten Fällen funktionieren beide an einem Geldautomaten, in Einzelfällen aber auch nur eine der beiden Anbieter. In Entwicklungsländern ist Mastercard tatsächlich sogar der Marktführer.

Bei der Auswahl der Kreditkarte gibt es noch einige Sachen zu beachten. Hier lohnt sich in dem Fall eine Recherche zu den aktuellen Konditionen. Achtet darauf, dass keine Gebühren zusätzlich anfallen auf das abheben anderer Währungen oder das mehrmalige Bargeld abheben am Automaten.

Häufig sind versteckte Gebühren besonders der Fall, wenn eine Kreditkarte sich am Monatsende ausgleicht. Manche Kreditkarten lassen sich aber auch aufladen mit eigenen Geld, sodass man gar nicht erst ins „Minus" rutscht und teure Sollzinsen bezahlen muss.

Aktuell sind die DKB und die Barclays Visa Karten die mit den besten Konditionen. Es kann auch Sinn machen seinen Kreditrahmen freiwillig runter zu setzen. Was will man denn auch mit 6000 Euro in einem Monat, das erhöht nur das eigene Risiko bei einem Diebstahl.

Was aber tun wenn die Karte gestohlen wird?

Für den Fall, dass einen die Karten abhanden kommen, sollte man immer schon die Notfall Nummer zur Sperrung parat haben und diese auch bei den Eltern hinterlegen. Den Anruf können sie erledigen, ansonsten ist eine der billigsten Möglichkeiten für 2 Cent die Minute aus dem Ausland einen Inland Anruf zu tätigen mit Skype Guthaben.

Wo bekommt man jetzt noch Geld her? Tja jetzt muss man erfinderisch werden.

Möglichkeit 1: Du kennst einen deutschen in deinem Hostel oder Ort? Schicke ihn Geld über Paypal und lass dir Bargeld von ihm geben. (Achtung nur bei Euro Währung benutzen, da Paypal teilweise unverschämt gigantische im Vorfeld nicht einsehbare Gebühren verlangt).

Möglichkeit 2: Du kennst andere Menschen, die den Zahlungsdienstleister Transferwise (Wise) benutzen. Wie bei Paypal überweist du der Person Geld. (Fairste Gebühren bei unterschiedlichen Währungen).

Möglichkeit 3: Die Geldwechselstuben Money Gram und Western Union sind überall auf der Welt verteilt. Hier kannst du dir von deinem Konto online Geld drauf senden und gegen Vorweis deines Personalausweises bekommst du gegen hohe Gebühren Geld ausgezahlt.

Versicherung

Eine Langzeit – Auslandskrankenversicherung sowie eine gültige Haftpflichtversicherung im Ausland sind absolut notwendig. Die normalen Auslandsversicherungen decken in der Regel nicht länger als 8 Wochen ab. Im Regelfall ist so eine Langzeit Auslandskrankenversicherung aber garnicht mal so teuer, zumindest, wenn man nicht plant sich länger in den USA und Kanada aufzuhalten. Ab 400 Euro für ein Jahr sollte man in jedem Fall fündig werden. Auch hier gilt es natürlich die Konditionen genauesten miteinander zu vergleichen. Hier sollte man keine Abstriche machen. Ohne eine Reiseversicherung sollte man keinen Tag auf Weltreise sein, da habe ich leider schon zu viele Geschichten darüber gehört. Aktuell sind gute Anbieter die Young Traveller sowie die Hanse Merkur Versicherung.

Haftpflichtversicherung: Nicht teuer aber wichtig. Es kann schließlich auch unterwegs immer mal etwas teures ausversehen kaputt gehen, für dessen Schäden du aufkommen musst. Bei längeren Aufenthalt außerhalb der EU decken die wenigsten normalen Haftpflichtversicherungen Schäden ab, es macht also Sinn im Vorfeld zu der richtigen zu wechseln und seine aktuellen Konditionen zu überprüfen.

Eine Besonderheit gibt es hier für diejenigen, die planen ihren Wohnsitz abzumelden. Aktuell ist die DIA VHV Privathaftpflichtversicherung die Einzige mit der man sich so versichern kann. Wichtig ist hier die Zusammenarbeit mit der DIA. Diesen Vertrag sollte man daher nicht über die normale VHV Website abschließen. Am besten dazu auf der DIA Website einmal nachschauen.

Sprachkenntnisse

Ja die Sache mit der Kommunikation ist manchmal so eine Sache auf der Weltreise. Englisch ist die Weltsprache und deshalb sollte sie auch sehr in deinem Fokus stehen. Zwar wird dir diese Sprache in einigen Ländern fernab vom Tourismus auch nicht viel nützen aber der Austausch mit anderen Menschen aus anderen Ländern wird so erst intensiv möglich.

Der beste Tipp ist es einfach so früh wie möglich sein gesamtes Programm an Entertainment auf Englisch mit Untertiteln umzustellen. Das bedeutet von Computerspielen, über Netflix bis hin zu Youtube. Auch wenn es dir vermutlich schwer fallen wird, die Lernkurve ist sehr steil und besonders das Hörverständnis verbessert sich rapide. Das wird dir enorm viel nützen um Vorort dein Englisch erst so richtig zu vertiefen.

Auch Sprachhilfe Apps wie Duolingo (kostenlos) oder Babbel (kostenpflichtig). Beide Apps machen Spaß und helfen dir mit der nötigen Disziplin dabei dein Englisch auf ein neues Level zu bringen.

Aber keine Panik. Ich für meinen Teil bin mit nahezu keinen Englisch Kenntnissen gestartet und war selbst ohne jegliche Spanisch Kentnisse knapp 5 Monate in Lateinamerika unterwegs. Die allen bekannte internationale Zeichensprache funktioniert ja immerhin überall und zu so manch lustigen Momenten führt sie auch immer mal wieder. Solche Begegnung haben auch ihren ganz eigenen Charme.

Arbeitsamt

Nach der Kündigung deines Jobs solltest du dich unbedingt beim Arbeitsamt innerhalb von 3 Tagen danach arbeitssuchend melden und bei der Krankenkasse bescheid geben, egal ob du in wenigen Wochen nicht mehr im Lande bist. Dein Anspruch bleibt sogar 4 Jahre lang aufrecht erhalten. Du kannst also jederzeit deinen Anspruch gültig machen, wenn du wieder kommst. Deine Sperre ist dann übrigens auch aufgehoben. Das gilt auch falls du deinen Wohnsitz abmelden solltest. Die Agentur für Arbeit steht auch jederzeit für ein Informationsgespräch zur Verfügung. Einfach mal anrufen, ich habe mit dem Service sehr gute Erfahrungen gemacht.

Wohnung

Weltreise gut und schön aber was passiert eigentlich mit der Wohnung. Die Möglichkeiten hierfür wären:

- Wohnung/Zimmer leer stehen lassen

- Mietvertrag kündigen

- Untermieter suchen

- Airbnb Untervermietung an beliebten Standorten

Dann wären da nur noch die Möbel. Im Idealfall findet sich jemand im Bekanntenkreis, der ein Zwischenlagerplatz besitzt. Ansonsten hilft nur verkaufen, was vermutlich auch für das Auto gilt. Bei der Organisation sollte alles unbedingt zeitlich aufeinander angepasst werden.

Wohnsitz abmelden

Seinen Wohnsitz in Deutschland abzumelden ist im Endeffekt ziemlich einfach, ausnahmsweise mal sehr unbürokratisch und in wenigen Minuten bei der Behörde erledigt. Ganz grundlegend sieht das Gesetz aber erstmal so aus.

- Wer eine Wohnung bezieht, hat sich innerhalb von zwei Wochen nach dem Einzug bei der Meldebehörde anzumelden.
- Wer aus einer Wohnung auszieht und keine neue Wohnung im Inland bezieht, hat sich innerhalb von zwei Wochen nach dem Auszug bei der Meldebehörde abzumelden. Eine Abmeldung ist frühestens eine Woche vor Auszug möglich, die Fortschreibung des Melderegisters erfolgt zum Datum des Auszugs.

Vorteile:

Sonderkündigungsrecht bei Verträgen, auch bei der gesetzlichen Krankenkasse.

Eventuell steuerliche Vorteile bei online Einkünften als Perpetual Traveller (Dauerreisender der nicht länger als 180 Tage in einem Land bleibt).

Nachteile:

Der Anspruch auf Kindergeld ist nur mit deutschen Wohnsitz gültig. Es ist nicht erlaubt ein KFZ auf seinen Namen zuzulassen, nur mit einer sogenannten Zustellbevollmächtigten. Man ist verpflichtet sich aus Deutschland abzumelden, wenn man während seiner Reise über keinen offiziellen Wohnsitz verfügt, da einen somit die Absicht unterstellt werden könnte, dass man auswandern möchte und nicht mehr zurück nach Deutschland kommt.

Wenn man allerdings seine Meldeadresse bei den Eltern hat, kann man den Wohnsitz während der Weltreise behalten, da man eine gültige Meldeadresse vorweisen kann.

Packliste

Das Herzstück eines Backpackers ist natürlich sein Rucksack. Ich empfehle dir dringend unter 60L und unter 20 kg zu packen. Ich persönlich finde es ideal für den Start einen 50L Rucksack (+10L erweiterbar) mit 15 kg zu packen. Glaub mir, du wirst mir am Ende sehr dankbar dafür sein. Ich würde es auch so handhaben, alle wertvollen Gegenstände in den kleineren/ Technik Rucksack zu verstauen, da der große Backpack bei Busfahrten und am Airport unbeobachtet im Stauraum verschwindet, währenddessen man den kleinen immer dabei hat.

Rucksack

Das wichtigste zuerst. Nehmt in keinem Fall einen Koffer mit. Das wollt ihr euch nicht antun! Es gibt keine bessere Möglichkeit als unterwegs auf Reisen rund um den Globus immer einen Rucksack dabei zu haben. Die meisten Backpacker haben einen großen Rucksack mit Hüftgurt zur Gewichtsentlastung auf dem Rücken und einen alltäglichen Tages/ Sportrucksack vorne über die Schultern geworfen für die wichtigsten Technik Sachen und Dokumente.

Ich bin ein absoluter Fan dieser Kombination. Auch da man so alle wichtigen Sachen in den kleinen Rucksack packt und ihn nie aus den Augen verliert im Flugzeug, Bus, Boot, Taxi usw. Für kurze Trips von bis zu 5 Tagen kann man auch mal getrost seinen großen Rucksack im Hostel zurück lassen und nur den kleinen Tagesrucksack mitnehmen. Es lohnt sich auf einen namhaften Hersteller bei den großen Rucksack zurück zu greifen (z.B Deuter oder Osprey). Schließlich tragt ihr euer neues Zuhause auf dem Rücken. Ein guter Rucksack sollte hier Pflicht sein.

Dazu sei gesagt, der vermutlich einfachste und wichtigste Tipp, nehmt so wenig mit wie euch nur möglich ist. Je weniger Gewicht, je weniger teure Sachen ihr mit dabei habt, desto befreiter seid ihr unterwegs. Je nachdem wie viel Technik ihr unterwegs benötigt, wird sich auch der Wert und das Gewicht des Technik Rucksacks verändern. Auf meiner ersten Weltreise hatte der Tagesrucksack bei mir einen Wert von 200 Euro bei rund 4,5 kg Gewicht. Dieses mal ist es aber mein Zuhause und mein Job gleichzeitig geworden. Daher liegt der Wert bei rund 3000 Euro und das Gewicht bei 7,5 kg. Besonders das Gewicht auf den vorderen Schultern wird euch bei längeren Fußwegen zum Verhängnis werden und ihr werdet jedem unnötigen Gramm bereuen eingepackt zu haben.

Zu empfehlen:

- Backpack unter 60 Liter/ unter 13 kg
- Tagesrucksack unter 25 Liter/ nach Möglichkeit unter 5kg
- Bauchtasche

Für mich habe ich bereits den perfekten Rucksack gefunden. 50 L Volumen und bis auf 60L erweiterbar. Er bietet sogar für den großen Staubereich eine extra Öffnung zum Aufklappen an der Front, sodass man nicht seine kompletten Klamotten raus räumen muss, wenn man an ein Kleidungsstück im Rucksackboden möchte.

Rucksäcke

Backpack von Deuter (50+10 L erweiterbar)

Mein Tagesrucksack (28L für Elektronik und Dokumente)

Dokumente

Reisepass

Kreditkarte (Mastercard + Visa)

Führerschein

Internationaler Führerschein

Bauchtasche

Du solltest die Kopien deiner wichtigsten Dokumente mitführen und in jedem Fall in einer Cloud wie z.B Google Drive hochladen.

Technik

Kamera, Objektive, Mikrofon, Stativ

Mehrere Akkus

Multi Steckdosen Adapter

Handy

Laptop

Festplatte/ USB Stick/ SD Karten

Kopfhörer

Kindle/ Bücher/ Notizbuch

Ladekabel für alle Geräte

Klamotten

Unterhosen und Socken sind meistens der erste Grund weshalb man seine Sachen in die Wäscherei gibt. Sie nehmen nicht viel Platz weg, deshalb empfehle ich 10 Paare um Waschkosten zu sparen, da auch oft per Pauschalpreis abgerechnet wird und es sich lohnt möglichst viel auf einmal zu waschen.

10 Unterhosen

10 Paar Socken

5 T-Shirts

2 kurze Hosen

2 Badehosen

2 Tank Tops/ Tops

1 Jeans

1 Hoodie/ Strickjacke

1 Hemd

1 Flip Flops

1 Cap

1 Pullover

Apotheke

Pflaster

Moskitospray

Aspirin

Kohletabletten

Ibuprofen

Sonnencreme (oft teuer im Ausland)

Vitamintabletten

Kulturbeutel

Kulturbeutel

Haarbürste Entknoten

Zahnbürste

Zahnpasta

Shampoo

Deo

Q Tips

Rasierer

Trimmer

Sonnencreme

Oropax

Kondome

Must Have

Mikrofaser Handtuch

Reiseadapter

Steckdosenleiste

Göffel

Packbeutel

Inlay Schlafsack

Schlafmaske

Taschenmesser

Regenschutz Technik Rucksack

Pacsafe

Wahlweise

Wanderschuhe

Moskitonetz

Hüttenschlafsack

Panzertape

Jogginghose/ Leggings

Regenjacke

Wohin mit der Kleidung auf Weltreise?

Du wirst beim ersten Probepacken merken, dass es gar nicht so leicht ist, alles in den Backpack zu verstauen. Also alles nochmal raus und überlegen, wo man noch reduzieren kann. Man sollte den Backpack zu Beginn seiner Reise nie voll packen. Am Ende, wenn du alles eingepackt hast und unterwegs bist, wirst du erstaunt sein, wie wenig man doch im Alltag wirklich braucht.

Vielleicht wirst du jetzt einige Dinge vermissen, daher möchte ich dir eine Sache ans Herz legen. Es reist sich leichter mit wenig Gepäck. In den meisten Ländern brauchst du ohnehin nicht mehr als eine Badehose und ein T-Shirt. Du solltest unbedingt Dinge wie: Ein dickes Handtuch, hohe Schuhe und einen Fön Zuhause lassen. Auch bei Wanderschuhen musste ich feststellen, dass ich sie für den Platz den sie wegnehmen, zu selten benutzt habe.

Alle Dinge von denen ich 100% überzeugt bin und ohne die ich nie wieder verreisen könnte, habe ich dir in die Must Have Liste gepackt.

Ein Mikrofaser Handtuch fühlt sich nicht so schön auf der Haut an aber es ist unendlich viel leichter und kleiner. Die Steckdosenleiste inklusive einem kleinen Verlängerungskabel ist der Geheimtipp überhaupt. Jeder im Hostel wird dich darum beneiden und kein Travel Blog empfiehlt es. Du kannst mehrere Geräte aufeinmal aufladen, da meist nicht genug

Steckdosen vorhanden sind. Hinzu kommt, dass du eine Kabelverlängerung hast und so sicher immer bequem dein Handy auf dem Bett, Sofa benutzen kannst, während es am Aufladen ist.

Zum Glück sind wir Menschen aber alle unterschiedlich. Also sieh diese Liste als Anregung an, falls dir noch etwas wichtiges einfällt, worauf du nicht verzichten kannst, pack es einfach ein. Ich wünsche dir viel Spaß auf deiner Reise und denk dran, weniger ist manchmal mehr. Und am besten lässt du auch besonders die sehr teuren Sachen Zuhause.

Mein Blog: www.exploreyourlife.net

Dort findest du meine Packliste und die passenden Links dazu. Das könnte dir die ganze Suche etwas ersparen.

Organisation

Zudem sei dir gesagt, alles was in die theoretische Planung/ Organisation vor Ort fällt, ist um ein Vielfaches entspannter als du es vermuten würdest und erfordert nicht viel Planung, wenn man es nicht unbedingt möchte. Ob Busverbindungen oder Highlights vor Ort, die besten und billigsten Tipps erfährst du häufig erst vor Ort von anderen Reisenden oder zum Beispiel im Hostel vom Personal. Die meisten Dinge wie zum Beispiel die Anzahl der Tage einer Übernachtung in einem Hostel oder einen Airbnb Apartment ergeben sich vor Ort. Es ist in den wenigsten Fällen nötig, viele Nächte weit im Vorfeld zu buchen. Auch die Wahl für ein schönes geeignetes Hostel ist ganz einfach spontan möglich in jeden halbwegs touristischen Ort.

Hostel finden: Dazu nutze ich am liebsten die App Hostelworld. Hier kann man meiner Meinung nach am einfachsten sehen, ob das Hostel für einen das Richtige ist. Eine einfache 10 Punkte Skala in den jeweiligen Kategorien hilft dabei. Die wären: Sicherheit, Lage, Mitarbeiter, Atmosphäre, Sauberkeit, Ausstattung, Preis-Leistungsverhältnis.

Besonderen Wert lege ich hier auf die Lage und die Atmosphäre, denn das sind die wesentlichen Faktoren für einen guten Aufenthalt. Das was eben ein Hostel ist. Das Gefühl muss hier einfach stimmen. Ebenso kann man aber andere Anbieter nutzen, die ebenso ihre Vorteile bieten:

- Booking.com: Der größte Anbieter auf dem Markt. Besonders empfehlenswert für nicht so touristische Orte oder falls einen die Übersicht mehr zusagt als bei Hostelworld.

- Airbnb: Mittlerweile den meisten Leuten bekannt. Wohnen in einer eingerichteten Wohnung. Besonders geeignet, wenn man nicht alleine unterwegs ist oder sich eine längere Zeit an einem Ort aufhält und ein heimischen Gefühl entwickeln möchte.

- Agoda ist ebenfalls eine Buchungsplattform die speziell sehr bekannt im asiatischen Raum ist. Häufig sogar am billigsten.

Hostel Smalltalk

Ein sehr wichtiges Thema was häufig außer Acht gelassen wird. Am Anfang auf Reisen ist noch alles neu und man kann es garnicht abwarten in den verschiedenen Hostels Leute aus der ganzen Welt kennen zu lernen. Die meisten Gespräche fangen jedoch immer gleich an und nach etwas über einer gewissen Zeit auf der Durchreise und hunderten Gesprächen dieser Art hängt es einen irgendwann zu den Ohren raus. Vermeide so gut es eben geht die typischen Smalltalk Gespräche auf die wirklich keiner mehr so richtig Lust hat.

Ein immer wiederkehrendes Gespräch sieht in etwa so aus:

Wie heißt du? (Meist nach wenigen Sekunden wieder vergessen)

Wo kommst du her? (Oh, da war ich auch schon mal oder oh, da möchte ich auch bald hin)

Wie lange bist du schon unterwegs? (oha, so

lange schon oder Hey, dann bist du ja erst am Anfang).

Wo warst du schon und wo geht es als nächstes hin? (Jetzt zählt man eigentlich nur noch stumpf einige Länder auf)

Nach einer Weile führt man diese Gespräche im Automatismus und es bleibt eigentlich nicht viel davon hängen. Die Person jedenfalls hat man dadurch noch nicht kennen gelernt und im schlimmsten Fall nur gelangweilt und eigentlich ist es ja genau das was wir im Hostel wollen. Man möchte neue Leute kennenlernen und vielleicht auch echte Freundschaften schließen.

Was man stattdessen besser fragen könnte:

Was war die intensivste Erfahrung auf deiner Reise bislang?

Was hat dazu geführt, dass du beschlossen hast eine Weltreise zu machen?

In welchem Moment warst du einmal extrem außerhalb deiner Komfortzone?

Gibt es ein Motto mit dem man deine Reise beschreiben könnte?

Was ist das größte Learning aus deiner Reise bislang was du für dich mitnimmst?

Welche Musik hörst du beim Reisen am meisten?

Welche 3 Dinge vermisst du aus deiner Heimat am meisten?

Wo war der schönste Sonnenuntergang deines Lebens?

Wenn du 10 Minuten deiner Reise nochmal erleben dürftest, welche wären es?

Was sind deine Ziele für die nächsten 2 Jahre?

Du bist einsam auf einer Insel. Du darfst 1 Teil aus deinem Rucksack mitnehmen. Welches wäre es?

Praktische Reisetipps

Top 15 Tipps

1. Schluss damit einen Rück oder Weiterflug im Vorfeld zu buchen, um den Bestimmungen am Airport oder Landgrenzen gerecht zu werden. Für nur 10 Euro kann man sich bei Onwardticket (dauert 1 Minute bis das Ticket per Mail versendet wird) oder bei Best Onward Ticket (dauert ca. 40 Minuten) ein echtes Flugticket ausleihen. Dieses Ticket ist 48 Stunden gültig und kann sogar von der Airline geprüft werden. Es sollte darauf geachtet werden, den Zeitraum den jeweiligen Visa Bestimmungen anzupassen. Es funktioniert jedenfalls und ich reise nur noch so, für mehr Freiheit unterwegs.

2. Sei bereit über dich hinaus zu wachsen und dich Herausforderungen zu stellen, um daran persönlich zu wachsen. Du hast jetzt die Zeit herauszufinden wer du wirklich bist und alles auszuprobieren was du möchtest. Niemand kennt dich, niemand verurteilt dich und du

kannst einfach du selbst sein und dich das trauen, wovor du dich immer gedrückt hast. Sei offen für neues und nehme ohne Vorurteile die neue Welt auf wie ein Schwamm. Lass dich auf andere Menschen, Kulturen und Ansichten ein, sie können dein Leben nachhaltig verändern.

3. Falls du am Anfang etwas schüchtern sein solltest, das ist ok aber akzeptiere den Status Q nicht. Um über sich hinaus zu wachsen, muss man sich den unbequemen Herausforderungen stellen. Am Anfang wird hinter jeder Ecke eine Mutprobe oder Herausforderung auf dich warten. Beim ersten Mal wird es dich noch Überwindung kosten, aber je öfter du dich deiner Angst stellst, desto schwächer wird sie werden.

4. Ich habe mich zum Beginn meiner Reise jeden Tag neuen Challenges unterzogen. Probiere einfach mal selber die 10. Tage Challenge aus. Hierbei zwingst du dich, jeden Tag eine fremde, dir sympathisch erscheinende Person anzulächeln und anzusprechen. Anfangs schnürt es sich vielleicht bei dir im Hals zusammen. Doch wenn du merkst, dass du von den Personen ein Lächeln oder sogar positives Feedback

zurückbekam oder sich sogar eine tolle Unterhaltung ergibt, wächst dein Selbstbewusstsein schnell und du wirst viel offener. Das Motto bleibt umso mehr, je schüchterner du bist, raus aus der Komfortzone und rein ins echte Leben. Jetzt ist der beste Moment um es anzugehen, egal wie seltsam es sich anfühlen mag.

5. Verhandelt immer: In der Nach Corna Zeit könnte man dies aus Nachsicht unterlassen bei Menschen, denen man wirklich damit unterstützen kann, also bei den Einheimischen. Ansonsten gilt immer, mit Freundlichkeit, Humor und einer gewissen Hartnäckigkeit kommt man in jedem Entwicklungsland sehr weit. Es gibt keinen Ort, keine Organisation bei denen man nicht wenigstens mit einem Lächeln versuchen sollte zu handeln. Das gilt übrigens auch für die Polizei. Besonders hier ist es wichtig den Preis zu drücken. In Mexiko konnte ich eine Strafe für trinken in der Öffentlichkeit von 90 Dollar auf 50 Dollar drücken und in Indonesien von 500 Rupiah (30 Euro) auf 200 Rupiah (12 Euro) für fahren ohne Führerschein. Die Faustregel lautet immer, je mehr Nerven es euch kostet und umso

geduldiger ihr seid, desto mehr Geld spart ihr am Ende.

6. Informiert euch im Vorfeld nach einen ungefähren Tagesbudget und versucht erstmal danach zu leben. Wenn ihr merkt, ihr könnt ohne Anstrengung darunter auskommen, setzt ihr es herab und umgekehrt einfach etwas höher an. Sich danach grob zu richten, hilft einen Überblick zu bewahren und seine Reisekasse zu schonen. Wenn ich ein paar Tage mal deutlich über mein Ziel hinausgeschossen war, habe ich darauffolgend einfach versucht etwas genauer auf mein Geld zu achten.

7. Entweder ihr packt euch jeden Tag die Tagesbudget Summe (+ umgerechnet 10 Euro Reserve) in eure Geldbörse oder ihr notiert euch die einzelnen Ausgaben. Beides ist enorm ratsam um den Überblick zu bewahren, besonders in den ersten Wochen. Viele Backpacker verbrennen in den ersten Monaten ihr meistes Geld. Es ist also der Anfang, der von besonderer Wichtigkeit ist.

8. Nehmt euch ein paar Tage Zeit die inländische Währung zu verstehen, ladet euch eine Währungs App runter um

nachzukontrollieren und ein Gefühl für die Preise zu entwickeln. Dann wisst ihr nach einer Weile ziemlich genau, ob man euch übers Ohr hauen will oder einen angemessenen Preis vorschlägt. Ihr seht aus wie ein Tourist, der sich nicht um Geld schert in einen 2 Wochen Urlaub, macht den Leuten deutlich, dass ihr Backpacker seid und sehr wohl an euren Geld hängt.

9. Sicherheit in Mittel und Südamerika: Entwickle einen 7. Sinn und verhalte dich nicht naiv. In der Regel reicht das aus um negativen Erfahrungen aus dem Weg zu gehen. Konkret heißt das: Zeige nicht was du hast, kein Schmuck, teure Kamera etc an den falschen Orten. Erkundige dich im Hostel welche Gegenden du besser meiden solltest. Laufe Nachts nicht alleine durch die Gegend und wenn doch, nur an gut beleuchteten Hauptstraßen. Habe immer umgerechnet 20 bis 30 Dollar dabei, für den Fall, dass man einmal ausgeraubt werden sollte. Meistens wollen sich die Diebe nur ein schnelles Taschengeld verdienen, es stößt nicht auf Glaubwürdigkeit, wenn ihr nichts dabei haben solltet.

10. Nehmt euch genügend Zeit für euch selbst: Klingt komisch für jemanden der alleine durch die Welt reist oder? Man bekommt so viele Eindrücke, Erlebnisse, Erfahrungen, dass es schnell zu viel für einen werden kann. Es tut gut sich immer mal wieder an ruhigen Orten zurück zu ziehen um die vergangenen Wochen aufzuarbeiten.

11. Macht Videos! Ich hätte nie gedacht, dass ich diesen Tipp mal schreiben werde. Fotos sind super, Videos sind unbezahlbar um die Emotionen im Moment festzuhalten.

12. Wenn ihr nicht in einer Beziehung seid, reist nicht über Monate mit einem festen Reisepartner zusammen. Plant von Anfang an ein, dass ihr beide damit einverstanden seid, euch unterwegs auch mal zu trennen. Nach einiger Zeit kommt es häufig zu Spannungen und man geht durchgehend Kompromisse ein. Nehmt euch nicht diese Freiheit für die gesamte Reise.

13. Esst so wenig wie möglich im Hostel bzw bucht die Touren außerhalb oder wascht eure Wäsche auf der anderen Straßenseite. Straßenmärkte sind billiger als die Supermärkte in vielen Entwicklungsländern.

Meistens finden sich aber auch bereits auf der anderen Straßenseite weitaus billigere und oftmals leckere Essensmöglichkeiten. Die Straßenstände in Asien sind beispielsweise unfassbar lecker und so billig, dass es sich nicht einmal lohnt selber zu kochen.

14. Praktischer Tipp für Afrika, Mittel und Südamerika. Geht zu einer Näherin und lasst euch kleine Innentaschen in die Unterhose nähen. Dort könnt ihr immer ein Teil eures Geldes im Zweifel am Besten verstecken.

15. Habt immer ein paar Dollarscheine als Reserve mit im Rucksack. Der Dollar ist die Leitwährung auf der Welt und wird überall dankend akzeptiert. Einige Länder wie z.B Kambodscha vertrauen ihrer eigenen Währung so wenig, dass sie komplett auf den US Dollar umgestiegen sind.

16. Alles im Rucksack sollte seinen Platz haben, besonders wenn man seine Sachen unter Zeitdruck zurück in den Rucksack prügelt. So weiß man immer wo man seine Sachen wieder findet und sorgt gleichzeitig durch die bessere Übersicht vor keine Sachen unterwegs zu vergessen.

Must Have Reise Apps

- Unterkunft buchen: Hostelworld, Booking, Airbnb, Couchsurfing, Agoda

- Online Speicher: Google Drive, One Drive, Dropbox, I Cloud (Um wichtige Daten und Bilder zu sichern).

- Flugvergleichsportal: Skyscanner

- Google Translater: wichtige Sprachen vorher runterladen.

- Currency: Währungsrechner, auch praktisch um den fairen Kurs am Geldautomaten zu überprüfen.

- Sprach Trainer: Dulingo, Babbel

- Wise, Paypal, Online Banking (Wise für online Geldtransaktionen bei verschiedenen Währungen, bester und billigster Anbieter)

- Notiz App

- Google Maps, Maps Me (Offline Map für das gesamte Land und Wanderwege).

- Taxi Apps und Essen Lieferung: Uber, Uber Eats (weltweit) Didi/ Rapi für Südamerika, Gojek/ Grab für Asien

- Blablacar: Günstige Mitfahrgelegenheit eher für Langstrecke geeignet, je nach Land sehr effektiv oder garnicht.

- Splid: Die perfekte App um den Überblick zu behalten, wer wen wie viel Geld noch schuldet. Die App ermöglicht es dir alle Ausgaben der Reise zu erfassen und selbst innerhalb einer Gruppe eine genaue Übersicht zu erstellen.

- Happycow: App für gesundes Essen/ Veganer/ Vegetarier, zeigt Restaurants in der Nähe an und ist in Südamerika Gold wert.

- Tinder: Ideal um auf Reisen schnell in Verbindung mit Leuten aber auch Locals zu kommen, ohne in einem Hostel sein zu müssen. Es lohnt sich auch die Gold Mitgliedschaft (8 Euro im Monat) Dadurch kann man seinen Standort im Vorfeld in einer Stadt verlegen, bevor man überhaupt dort ist und hat so schon die ersten Kontakte.

Zusätzlich spart man enorm viel Zeit und lernt so effezient schneller lokale Frauen/ Männer kennen.

- Bumble: Das zweite Tinder mit dem Unterschied das nur eine Frau die Männer anschreiben kann nach einem Match.

- Spotify/ Netflix - Filme, Podcast, Hörbücher können herunter geladen werden und bei langen Transitzeiten im Bus oder Flugzeug angehört werden.

Loungebuddy: Sucht die bequemsten Orte und Schlafplätze an jeden Flughafen der Welt raus. Irgendwann kommt sicher der Tag, an den man dieser App braucht.

Billig/Bestens – Geld sparen Tipps

Spartipp: Die meisten Billig Airlines servieren kein Essen und teilweise nicht einmal trinken. Zudem sind die Flugzeuge teilweise extrem runter gekühlt. Man sollte also immer eine bequeme lange Hose und eine Strickjacke dabei haben. Um lange Flüge oder Aufenthalte am Flughafen zu überbrücken, besorge ich mir meistens Nüsse und Snacks, sowie zusätzlich lokale Speisen zum mitnehmen. Volle Wasserflaschen sind nicht erlaubt durch den Sicherheitscheck am Terminal mitzunehmen. Am besten einfach eine leere Wasserflasche dabei haben. Jeder Flughafen besitzt nach dem Check In kostenlose Trinkwasserspender. Dort kann man seine Flasche dann kostenlos auffüllen.

Nutzt Couchsurfing an teuren Orten. Das ist eine Plattform, ähnlich wie Facebook. Dort versammeln sich Leute aus der ganzen Welt die euch eine kostenlose Couch anbieten. Ihr müsst ihnen nur lediglich eine freundliche Nachricht mit Datum schreiben, um vielleicht akzeptiert zu werden. Die Menschen sind einfach an einen internationalen Austausch und an ein wenig Abwechslung in ihren Alltag interessiert. Meist erweisen sie sich sogar als die besten Reiseführer vor Ort. Ich habe tolle Erfahrungen mit dieser Plattform gemacht. Alles ist super transparent und man kann seinen Gastgeber/ in bereits im Vorfeld auch durch Reviews anderer Reisender sehr gut einschätzen. Reviews zu manipulieren ist quasi unmöglich.

Die richtige Kreditkarte spart viel Geld. Man sollte sich im Internet nach einer Reisekarte mit kostengünstigen Konditionen außerhalb Europas informieren. Diese ändern sich stetig. Viele Kreditkarten haben versteckte Gebühren, die sich teilweise durch einfachen Änderungen beheben lassen. Aktuell ist die Barclays und DKB Kreditkarte sehr empfehlenswert. Sowie eine Reise-versicherung bei der Young Traveller. Aber auch diese Konditionen ändern sich stetig. Im Internet findet man aber immer genügend Vergleiche.

Sim Karte: Immer Vorort besorgen. Internet ist wichtig unterwegs und spart letztendlich Zeit. Organisatorische Sachen kann man so auch auf einer langen Busfahrt klären. Aber keine Sorge, die inländischen Tarife sind weitaus billiger als man es in Deutschland gewohnt ist und so spart man sich ausversehen anfallende Gebühren für versehentliche Nutzung von Mobile Daten außerhalb der EU.

Inländische Telefonate: Manchmal kommt es vor, dass man noch wichtige Dinge in der Heimat klären muss. Die mit Abstand billigste Lösung hier in Deutschland und weltweit für Telefonate über das Festnetz ist hier Skype. Man muss hierzu nur schnell ein Konto eröffnen und mindestens 5 Euro Guthaben aufladen. In Deutschland kann man so im Festnetz für nur 2 Cent die Minute anrufen. Ich habe so in Deutschland meine Kreditkarten Probleme lösen können und sogar in New Delhi mit der Botschaft telefoniert.

Tagestrips: Bei langen Touren immer genug Wasser und Snacks dabei haben.

ATM ohne Gebühren: BBVA in Kolumbien, Banco National in Costa Rica.

Unterwegs offline Geld verdienen

Es gibt nicht nur die Möglichkeit sich ein Internet Einkommen aufzubauen, indem man sich hinter seinen Laptop schwingt. Auch mit ehrlicher und echter Kreativität lässt sich gutes Geld verdienen. Der eigenen Kreativität ist hier keine Grenze gesetzt. Aber um dir mal ein paar Inspirationen zu geben erzähle ich dir mal von einigen meiner Beobachtungen.

- Haare schneiden: Es ist nicht immer einfach unterwegs einen guten Friseur zu finden der auch Englisch spricht. Viele Reisende zahlen gerne etwas mehr um sich von einem gelehrten Friseur im Hostel die Haare und Bart schneiden zu lassen.

- Massagen: Jeder liebt sie, jeder Reisende braucht sie , da der Rücken durch die schlechten Betten und schweren Rucksäcke öfter mal Pflege braucht. Das beste daran ist, dass man nicht einmal groß Werbung für sich machen muss, wenn man gut ist. Ich habe in einem Strandhostel eine Deutsche getroffen, die für 100 Pesos im Zelt geschlafen hat und jeden Tag rund zwei bis vier Massagen gegeben hat für jeweils 500 Pesos (20 Euro) die Stunde. Im Hostel wechseln die Leute stetig und die Kundschaft kommt quasi von ganz alleine zu einem selbst. Ein toller Weg um unterwegs Geld zu verdienen.

Yoga: Yogakurse im Hostel sind sehr beliebt. Dadurch lassen sich viele Hostels auf einen kostenlosen Schlafplatz ein aber auch durch Donation (Spenden auf freiwilliger Basis, lässt sich gut Geld verdienen).

Polaroid Kamera: Sehr kreativ aber auch clever. Jeder liebt Momentaufnahmen mit seinen Liebsten oder auch seinen besten Freunden. In einer Stadt die eher Wohlhabende und Touristen anzieht lässt sich hiermit besonders gut verdienen. Man läuft einfach durch die Straßen und spricht mit den Leuten und macht Fotos von ihnen für ein paar Euro pro Bild. Ich habe jemanden getroffen, der damit über 100 Euro am Tag gemacht hat.

Strandverkäufer: Nicht jedermans Sache aber wer gerne kocht, backt oder bastelt ist hiermit gut beraten. An einem langen Strand, besonders zur Sonnenuntergangszeit, ist der ein oder andere Dankbar für einen kleinen Snack und zahlt dafür auch einen Aufpreis. Ideal sind beispielsweise: Schokocroissants/ Brownies, Pizza Slices, selbstgebastelter Schmuck oder kühle Getränke.

Musik: Vor Bars, Parks und Restaurants lässt sich mit dem richtigen Charme und Talent eines Instruments gutes Geld verdienen.

Du siehst also, was auch immer in dir für ein Talent oder einer Leidenschaft steckt. Mit den nötigen Willen und Spaß an der Sache lässt sich immer etwas verdienen. Das Wichtigste, einfach mal machen und nicht zu schüchtern sein. (:

Schlusswort

Meine Länder Erfahrungen

Dazu möchte ich noch ein wenig von meinen Erfahrungen in den jeweiligen Ländern erzählen. Das was ein Land, den Ort aber erst so besonders und teilweise magisch macht, sind die Momente welche man mit den Menschen zusammen erlebt. Daher macht jeder in einem Land eine unterschiedliche Erfahrung. Für meinen Teil kann ich im Raum Asien den Vietnam und Indonesien besonders betonen.

Vietnam schwebt hier zu unrecht unter dem Radar. Das Land ist so unfassbar abwechslungsreich und bietet eine atemberaubende Natur, fröhliche Menschen, ist von Backpackern überall erschlossen und ist eines der billigsten Länder der Welt. Durch die Geographisch langgezogene Form reisen hier alle Backpacker lediglich in zwei Richtungen. Vom Norden in den Süden oder vom Süden in den Norden. Für die Abenteurer unter euch: Das Land lässt sich am besten und schönsten mit einem Motorrad bereisen. Das ist die beste Art das Land richtig kennen zu

lernen. Man sollte dafür aber mindestens 1,5 Monate bis hin zu 3 Monaten einplanen. Andernfalls werdet ihr es bereuen. Es gibt einfach zu viel zu entdecken.
Übrigens kann man für rund 200 Dollar eine Honda Wing (Das Motorrad to go) im Norden kaufen und für 250 - 300 Dollar im Süden wieder verkaufen. Die nördliche Tour um die Reisfeld und Bergregion Sapa, auch golden Loop genannt, ist ein MUSS.

Auch die Halong Bay, eines der 7. Natur Weltwunder ist Pflicht. Diese Tour sollte man aber in jedem Fall von der wunderschönen Insel Cat Ba aus starten. Von dort aus bekommt man die untouristische Seite der Bucht in ihrer vollen Pracht für teilweise 1/10 des Preises zu sehen. (Ich habe 11 Euro für eine Tagesbootstour ink. Transport, Kanu paddeln in der Bucht und Essen bezahlt). Wer schon immer einen Maßgeschneiderten Anzug/ Kleid haben wollte, sollte dies in einem der 400 Läden in Hoi An machen lassen. Vietnam ist bekannt für seine weltweite Textilfertigung für viele bekannte Firmen. Die Qualität der Waren, Fake Schuhe, Anzüge und co ist überragend zu lächerlichen Preisen. Generell im Vietnam gilt, alles außerhalb der 2 Hauptstädte Hanoi und Ho

Chi Minh ist wunderschön. Es gibt keinen Grund lange in den beiden Städten zu verweilen.

Indonesien ist ein Land, welches nicht nur aus Bali besteht. Ich liebe Bali zwar, die ganzen Inseln drumherum sind aber auch sehr sehenswert, wenn man die Schönheit in der Natur sucht. Der Bootstrip auf die Komodo Inseln von Lombok aus ist eines der größten Highlights meiner Weltreise gewesen und sicher ein Trip, den man nie wieder vergessen wird. Unbedingt eine Tour buchen, wenn man dort ist. Die Wanua Adventure Touren sind am Besten, bester Service, beste Boote. Besonders schön empfand ich noch die Inseln (Nusa Penida, auch ruhig dort übernachten) und die Insel Gili Air (Hostel Begadang ist unglaublich), welche bedeutend schöner ist, als Gili Trawangan.

Die Kombination zwischen Gili Trawangan (Party, Bars, viele Touristen und Müll) zu Gili Air (schöner, kleiner, ruhiger, besserer Vibe) ist perfekt. In Bali gilt, je weiter weg vom Airport, desto schöner. Wohlfühlen kann man sich hier richtig in Canggu und Ubud (Surfen, hippe Bars, Cafes und Ausgehmöglichkeiten, sowie noch viele Reisfelder). Wer auf Party in

Canggu aus ist, muss in das Lay Day Surf Hostel (was da abgeht, muss ich hier leider zensieren).

Wer in Asien unterwegs ist, sollte zudem unbedingt 2-4 Tage in den einzigartigen Stadtstaat Singapur einplanen. Weltweit gibt es kein Vergleich, diese liebe für Design und Verstand muss man gesehen haben. Die moderne grüne Stadt der Zukunft.

In Süd/ Mittelamerika kann ich für meinen Teil besonders Guatemala und Nicaragua betonen. Vulkanlandschaften, spanische Kolonialstädte, Dschungel, Strand, surfen, wandern, Vulkaninseln und allgemein mehr Möglichkeiten als Zeit. Einfach unfassbar!
Alleine die Vulkanwanderung auf den Acatenango, um den Fuego zu beobachten, ist eine Reise nach Guatemala wert. Auch bietet es sich ideal an von Mexiko rüber zu fahren. Beispielsweise von Bacalar (unter Tulum) oder San Cristibol, sowie Puerto Escondido per Nachtbus.

Nicaragua bietet sehr interessante Städte, die mir genauso gut gefallen haben, wie die gesamte Küstenlinie am Pazifik. Auch die Vulkaninsel Ometepe ist ein Traum, genauso wie die kleine Insel Corn Island im karibischen Meer (über Bus und Boot erreichbar von Managua nach Blue Filds für 15$), welche aussieht wie die Malediven. San Juan del Sur ist der kleine Bruder von Rio de Janeiro. Wenn genug touristen im Land sind ist es eine Hochburg für Partys. Nicaragua galt bis 2018 als das aufstrebende Backpacker Paradies, seitdem haben sie gleich mit zwei Krisen zu kämpfen gehabt (Politik und Corona) und einem zu Unrecht unsicher geltenden Image. Wer sich in Costa Rica befindet, ist meiner Meinung nach verpflichtet das Nachbarland (die geheime Perle) Nicaragua zu besuchen.

Costa Rica ist die Schweiz in Mittelamerika. Sicher, gut entwickelt, schöne Strände, Artenvielfalt und eine wahnsinnig schöne Landschaft warten dort auf einen. Für jede Art von Tourismus geeignet. Ob mit der Familie, auf Flitterwochen, einem Touristischen Kurzurlaub oder Backpacking. Man hat die Möglichkeit bereits ab 30 Euro pro Tag im Durchschnitt durch das Land zu ziehen, nach oben hin gibt es aber auch keine Grenze. Busse (3-6 Euro Langstrecke), lokales Essen (3-5 Euro) und Hostels (8 bis 12 Euro) sind preiswert. Touristische Attraktionen gehen dafür mächtig ins Geld.

Meine liebsten Orte waren hier: La Fortuna, eine süße kleine Stadt in der Natur, welche Hawai sehr ähnelt. Mit Aussicht auf einen Vulkan, haufenweise Aktivitäten und kostenlosen Hot Springs. Das ist ein Fluss, welcher vom Vulkan auf rund 38 Grad erwärmt wurde und in kleine Becken fließt, in denen man sich Tags und nachtsüber mit Kerzen stundenlang aufhalten kann. Die beste Badewanne der Welt!! Monteverde ist 10 Grad kälter und bietet ausschließlich teure Aktivitäten. Ist aber aufgrund des Nebelwaldes, der Zip Line und der Landschaft definitiv eine Reise wert. Santa Teresa ist sehr schön. Ein Mix aus Strand, Party und Erholung. Nicht zu viel Party und nicht zu viel Ruhe. Dagegen gibt es haufenweise Party, Tourismus und Restaurants in Tamarindo, den wohl teuersten und touristischen Ort in Costa Rica. Für einige Tage allerdings sehr schön. Schöner Strand, unglaubliche Sonnenuntergänge und Möglichkeiten zum Ausgehen. Montezuma hingegen ist eine

Schönheit zum Entspannen, Jaco sollte ausgelassen werden, Manuel Antonio bietet neben den überbewerteten Park aber einen schönen Ort zum Verweilen, von wo aus man auch ideal einen Tagesausflug zum einsamen Traumstrand nach Uvita machen sollte. Drake Bay sowie Puerto Viejo sind auch schöne Orte, die nicht fehlen sollten auf der Rundreise. Die schönsten Parks des Landes sind wohl Corcovado und Tortuguero.

Wer nicht das kleinste Budget hat sollte auf jeden Fall zum Mietwagen greifen. Busverbindungen fahren zu komischen Zeiten, sind langsam und machen allgemein überhaupt keinen Sinn. Oftmals muss man aufgrund von Sinnfreiheit mehrfach den Bus wechseln, um zu seinen Zielort zu gelangen. Der Mietwagen ist pures Gold in diesem Land.

Kolumbien hat auch sehr viel zu bieten. Es ist billig und bietet eine hohe Lebensqualität. Perfekt auch um einen Stop einzulegen und in ein Apartment zu ziehen. Die Stadt zwischen den Bergfronten Medellin ist super schön und bietet etwas einzigartiges. Ideal zum Leben und unterwegs gehen. Poblado und Laureles sind hier die Anlaufpunkte, in denen sich Parks, hippe Bars, Cafes und Clubs angesiedelt haben. Die Karibikküste von Cartagena bis nach Santa Marta und Palomino ist auch wunderschön, besonders Cartagena und der Tayrona Nationalpark ist besonders sehenswert!

Mexiko ist nicht nur super groß, es ist daher auch sehr abwechslungsreich und hat viel mehr zu bieten, als man es sich vorstellen würde. Das Land lässt sich mit Reisebussen super bereisen und je nach Zeit lassen sich beliebige Routen zurechtlegen. Meine Highlights die mir sehr gut gefallen haben: Campeche, Palenque, San Cristobal, Puerto Escondido, Oaxaca und Sayulita. In Yucatan waren es besonders Valladolid und Holbox. Wer das richtige Mexico aber kennenlernen will, dem sei besonders San Cristobal und Oaxaca ans Herz gelegt. San Cristobal ist einer der billigsten Orte in Mexiko oben auf den Bergen mit angenehmen Klima und einen der besten Hostels (Puerta Vieja) zum verbleiben.

Wer Strände mag die nicht überfüllt sind, coole hippe Orte mit vielen Bars und Cafes und einer mega Atmosphäre sucht, der ist an dem authentischen Surferparadies an der Pazifik Küste namens Puerto Escondido, an dem Beach La Punta bestens aufgehoben.

Spiritueller und ruhiger wird es rund eine Stunde entfernt am Strand von Mazunte oder Zipolite.

Aber auch neben den großen Küstenstadt Puerto Vallarta befindet sich einfach zu erreichen mit dem Bus die kleine Town Sayulita, in der es sehr ähnlich zugeht. Beide Orte sind so etwas wie das neue Tulum und dabei sich zu boomenden und immer beliebteren Orten zu entwickeln.

Jeden Abend warten hier gigantische Wellen und mit die schönsten Sonnenuntergänge die ich bisher gesehen habe. Coole Orte um die Seele baumeln zu lassen und gleich für Wochen oder Monate zu bleiben.

Die Reise deines Lebens

War das alles was das Leben zu bieten hat?
Es gibt verschiedene Wege, ein gutes, glückliches und erfülltes Leben zu führen. Ein vollkommenes Leben, auf das man am Ende seiner Tage hoffentlich mit genauso einem fetten Grinsen zurückblickt, wie ich es genau in diesem Moment tue und nichts da ist, um es zu bereuen. Nur das Gewissen, das Leben in vollen Zügen gelebt zu haben. Jeder muss für sich herausfinden, welcher Weg das für einen sein könnte. Sicher ist, dass irgendwann im Leben der Tag kommt, an dem man vor einer Abzweigung steht.

Für welchen Weg du dich entscheidest, weißt nur Du selbst. Niemand anderes! Schaue tief in dir und höre auf dein Inneres. Klingt doof, ist aber wahr. Du musst nur eines sein, sei ehrlich zu dir selbst und der Rest kommt von ganz alleine. Ok nochmal in aller Freundlichkeit, scheiß auf die Meinung der Anderen! Wenn du weißt was du willst, worauf wartest du dann noch? Die Welt ist ein Spielplatz, geh raus und spiel mit ihr und habe Spaß an deinem Leben. In dem Sinne, wir sehen uns auf dem Spielplatz…

Ich wünsche dir alles Gute auf deinen Weg und hoffe das ich dir ein wenig hilfreiche Worte widmen konnte.

Ich habe versucht all mein Know How aus der Backpacker Kiste heraus zu suchen. Falls dir dieser Guide helfen konnte, würde ich mich freuen, wenn du dieses Buch bei Amazon bewerten magst. Falls es dir so gut gefallen hat, dass du es glatt einen Freund/-in empfehlen willst, wäre dir auch sehr dankbar, wenn du das Buch nicht verleihen würdest. Ich wünsche dir viel Spaß auf der Reise deines Lebens.

Die Welt lächelt einem zu, man muss es nur sehen wollen (:

Wiedereingliederung

Häufig gibt es zwei verschiedene Wege wie so eine Reise enden kann. Der eine kann es beinahe nicht mehr abwarten und ist heilfroh nach all den aufregenden Erlebnissen wieder einen normalen Alltag zu haben. Manch anderer hingegen fällt in ein tiefes Loch, sobald er in das normale Leben zurückkehrt.

Daher ist der wichtigste Tipp den ich dir mit an die Hand geben möchte und der mir und vielen anderen geholfen hat, nicht in ein tiefes Fernweh Loch zu fallen, such dir eine neue Aufgabe, ein neues Ziel und einfach etwas zutun. Es gibt nichts schlimmeres als nach einer so aufregenden Lebensverändernde Reise wieder nach Hause zu kommen und nichts zutun zu haben. Dann ist die Wahrscheinlichkeit relativ groß, in Sehnsucht nach dem Abenteuer zu verfallen.

Bucket List

Eine Bucket Liste, ist eine Liste mit den Dingen, die man in seinem Leben unbedingt erleben möchte, bevor man den Löffel abgibt. Ich bin ein großer Fan von dieser Liste und bei mir ganz oben steht zum Beispiel eine mehrtägige Überfahrt von Kolumbien nach Brasilien über den Amazonas. Übernachten bei Einheimischen und Expeditionen durch den Dschungel. Es könnte aber auch genauso gut ein Fallschirmsprung in Taupo – Australien darauf stehen, wenn ich nicht so ein unglaublicher Angsthase wäre.

Eine Bucket Liste ist nicht gleich mit Zielen im Leben gleichzusetzen aber für mich bedeutet es, solange dort noch etwas drauf steht, gibt es immer wieder etwas neues was mich neugierig auf das Leben macht. Immer wieder neue Sachen auf dieser Welt zu entdecken und zu erleben. Never stop exploring ist mittlerweile mein Lebensmotto geworden. Solange also noch etwas auf dieser Liste steht, habe ich Spaß am Leben und das tollste daran ist, es fallen einem immer wieder neue Sachen ein, die einen Platz auf der Bucket Liste verdient haben. Also leg doch einfach mal los und mache dir genau jetzt einmal Gedanken darüber welche Dinge du nochmal unbedingt erleben möchtest und verewige sie in diesem Buch.

Meine Bucket Liste:

-
-
-
-
-
-
-
-
-
-
-
-
-
-
-

Zum Autor

Zuallererst einmal, DANKE für dein Vertrauen dieses Buch gekauft zu haben. Du trägst damit einen Teil dazu bei, dass ich weiter meinen Träumen nachgehen kann. Ich hoffe ich konnte dir ein paar nützliche Tipps und wegweisende Worte mit an die Hand geben. Und damit "Hey" erstmal, ich bin Phil, 24 Jahre alt und bin dabei erneut meinen Traum zu leben. Das bedeutet für mich, dass ich endlich wieder mit zwei Rucksäcken umgeschnallt um diesen wunderschönen Planeten reisen kann. Mit dem kleinen Unterschied, dass es dieses mal kein Datum gibt, an dem ich wiederkommen muss. Meine ersten Erfahrungen konnte ich sammeln, als ich mit Anfang einundzwanzig 306 Tage alleine durch Mittelamerika und Südostasien gereist bin. Über dieses unvergessliche Abenteuer habe ich ebenfalls ein Buch geschrieben mit den noch heute treffenden Titel "Süchtig nach Freiheit". Die Weltreise hat mein Leben für immer verändert und wenn ich es schaffen sollte, mit diesem Buch oder meinem Youtube Kanal "Explore Life" auch nur ein weiteres Leben dadurch zum Positiven zu verändern, hat es sich bereits gelohnt.

Die Welt lächelt einem zu, man muss es nur sehen wollen! (:

Folge mir gerne auf meinen Kanälen auf der Reise:

Youtube: Explore Life
Instagram: goexplorelife_
Blog: www.exploreyourlife.net

Printed in Poland
by Amazon Fulfillment
Poland Sp. z o.o., Wrocław

84884862R00114